丛林笔记

徐贵祥 著

长江出版传媒 长江文艺出版社

图书在版编目（CIP）数据

丛林笔记 / 徐贵祥著. -- 武汉：长江文艺出版社，2025. 8. -- ISBN 978-7-5702-4046-3

Ⅰ. I247.5

中国国家版本馆 CIP 数据核字第 2025UK0124 号

丛林笔记
CONGLIN BIJI

| 责任编辑：李 艳 | 责任校对：程华清 |
| 封面设计：柒拾叁号 | 责任印制：邱 莉 王光兴 |

出版：长江出版传媒 长江文艺出版社
地址：武汉市雄楚大街 268 号　　邮编：430070
发行：长江文艺出版社
http://www.cjlap.com
印刷：武汉新鸿业印务有限公司

开本：880 毫米×1230 毫米　　1/32　　印张：8.625
版次：2025 年 8 月第 1 版　　2025 年 8 月第 1 次印刷
字数：143 千字

定价：36.00 元

版权所有，盗版必究（举报电话：027—87679308　87679310）
（图书出现印装问题，本社负责调换）

目　录

辑一　丛林笔记

丛林深处一条河　　003

丛林笔记　　012

辑二　好汉楼

从公文写作到小说写作　　159

好汉楼　　165

辑一 丛林笔记

丛林深处一条河

火车走走停停,忽东忽西,感觉走了很远,终于到了一座城市的边缘。从故乡到他乡,从乡村到军营,有一种陌生的新鲜感和兴奋。略为有点遗憾的是,原以为这一次出门是"八千里路云和月",能够看到"秦时明月汉时关",其实我们走了几天几夜,只不过从大别山下到太行山下,离家并不远。

刚刚当了几天兵,还没有配发领章帽徽,就得到一个消息,要打仗了。连续几天观看电影《地道战》《地雷战》《南征北战》,很快就证实了这个消息不是假的。接着,上面发下来了一个油印的小册子,封皮上印着"山岳丛林野外生存指南",班长陈仁进组织班务会学习防暑、防虫、防晒、防兽等,还有如何在密林里判定方位。班长说,判定方位很重要,万一打散了,可以利用树的年轮、山坡的阴阳面、苔藓的生长情况,判断哪里是北方,北方就是祖国的方向。班长让我把小册子抄写几份,发给全班,人手一册。

  我对这个小册子很感兴趣。在此之前,我没有见过大山,更没有见过丛林,我一边抄写,一边想象丛林的模样,我以为那里都是参天大树,密不透风,里面没准还有世外桃源。

  那年春节后的一个上午,全营官兵集合在我们连队的饭堂门前,军里下来蹲点的文化处长雷河清做动员报告。他讲的那些大道理已经记不得了,只记得一个画面:房檐挂着冰凌,冰凌上跳动着阳光,雷处长站在阳光中,给我们讲爱尔兰作家伏尼契的作品《牛虻》,"不管我活着,还是我死去,我都是一只,快乐的牛虻"!作为革命者的亚瑟——牛虻,慷慨就义前给恋人留下的那首小诗,刻在了我的心里。

  雷处长讲完,营长谢必绪讲话。谢营长个头不高,但嗓门出奇地洪亮。他先讲了我们部队的光荣历史,然后话锋一转——文无第一,武无第二,在战场上,第一是胜利者,第二就是尸体。

那是我文学故乡的第一堂课,或许就是从那天开始,有两粒种子进入了我的生命,战争想象和文学想象。

不久,我们就乘车南下,直抵广西边境,一头扎进南方山岳丛林。1979年2月21日凌晨,我们跨越了一座钢筋水泥大桥——水口关大桥。很快我就得知,我的同乡和同年兵陈永安,就在我们过桥的前几个小时,中弹牺牲了。

我们连队的兵器是85毫米口径加农炮,第一次战斗,是抵近射击,直接配合步兵攻打对方的长形高地。说白了,就是把炮当枪使。清晨的丛林大雾弥漫,能见度很低,步兵在山上阵地射击,交替掩护冲击,不断有阵亡者和伤员从山坡上滚下来,触目惊心。我记忆最深的一幅画面,是连长李成忠在一门炮位边上举着望远镜观察目标,指导员赵蜀川亲自上炮射击,给我的感觉,简直是跟敌人对打。

我被临时指定给副营长杨世康当传令兵,一直在各个炮位间穿梭。有一次去给连长和指导员传达副营长的命令,指导员打得酣畅淋漓,脱下军装上衣,顺手把手枪扔给我说,小徐好样的,手枪你给我背着。

还有一次,我正在阵地上飞奔,对方的机枪扫过来,把我身后的山壁打得碎石乱飞。就在我惊恐无措之际,四班班长刘双桥伸手把我的腿抱住,按在排水沟里,还吼了一句:你小子不要命了!

我说,营长让我传达命令,各炮占领阵地,贻误战机者枪毙。

刘双桥说,我来看看地形……

几十年后,当我创作《丛林笔记》的时候,刘双桥那张红扑扑的脸蛋和脸蛋上的酒窝,一直在我的眼前晃动。我感谢这个年龄并不比我大的小个子班长。在作品里,我把他的名字改为"刘桥"。

当时的情形确实很危险,敌人发现了我们的炮兵阵地,向这边发射火箭弹,一发火箭弹落在炮位一侧。我刚刚传达命令回来,坐在一块石头上喘气,突然听到巨响,我惨叫一声,一个后翻砸到副营长杨世康的身上。杨副营长猝不及防,被砸了个仰面朝天,滚在地上还骂了一句,哪个搞起的,哪个推老子……但很快他就看到前面有几个人倒在血泊中,回过神来,拍拍屁股,看着我,龇牙咧嘴地说,嗯,不错,还知道保护首长。

那次战斗,在《步兵×××师师史》上,记载为"炮兵团九连班占西侧长形高地进攻战斗",第二天下午,上级又指挥连队把六炮推到那东侧无名高地,对敌人山洞火力点实施抵近射击。在山上待命的时候,同班老兵冯晔临译出一份电报后高兴地说,徐贵祥这小子立功了,三等功。

据说,我是本团新兵当中第一个立功的。

随着这份电报到来的,还有一道命令,让连队派出两个电台兵——老兵李茂金带上我,跟副师长李成业到师指挥所。吉普车在山路上冒着弹雨飞奔,副师长坐在前排指挥驾驶员左冲右突。我的脊梁上背着709型小功率电台,肩上斜挎着手枪,怀里揣着三等功,豪情万丈——可以说,那是我一生中最不怕死的时刻。

吉普车一路跳跃,到了师指挥所,李老兵和我在指定的位置开机调频,传送首长的命令,直接指挥本连对敌据点进行炮击,支援步兵进行攀援战斗。我一边警戒,一边观察,倏然发现,师指挥所所在的巍峨城墙上,有两个大字,兵城——那座被称为311高地的兵城,从此成了我回忆之旅的重要驿站。

这以后,我们一路前行,在丛林里穿梭,风餐露宿。记得一个雨夜,我和一位战友担任潜伏哨,蜷伏在树林的一棵巨大的芭蕉树下,顶着瀑布般的雨水,眺望漆黑的夜空和隆隆轰鸣的雷电,还有不远处时明时暗的河面。我问战友,这条河,跟水口河是连着的吧?战友说,这里离水口关不远,应该是连着的。我又问,这条河,跟淮河是通着的吧?

战友说,也许,天下的河流都是相通的——这个情景,后来几乎被我原封不动地写在《丛林笔记》里。

大大小小又参加过几次战斗,局部战争结束了,我们炮兵团于3月4日回到广西扶绥县休整。这期间,上面不断有人到连队慰问,空军作家刘天增根据我和另外两名战士火线送饭的事迹,采写了一篇特写《铁鞋踏破千重山》,发表在《解放军文艺》杂志1979年第5期上,作品结尾这样写道:火炮怒吼,映红了夜幕,就在这震耳欲聋的炮声中,我们亲爱的新战士,来自淮北(原文如此)的小徐兄弟,进入香甜的梦乡,脸上洋溢着稚气的笑容。《列宁在1918》里的那个英勇的瓦西里,在押送粮食回到苏维埃之后,睡梦不也是这么香甜吗?

就在这篇文章发表前后,指导员交给我一个任务,让我自己动手写报道,写我们的"炮兵英雄连"和英雄连队的英雄王聚华——指导员之所以把如此重要的任务交给我,据说是因为出征之前,我的"请战书"和"遗书"写得花团锦簇,指导员早就决定把我作为"笔杆子"培养。没想到,就是从报告文学《炮兵英雄王聚华》开始,我踏上了文学创作之路。

三年之后,我作为侦察大队一名排长,第二次到前线,在另一个空间的山岳丛林里度过一年多的战斗生活,战斗间隙,陆续创作了《征服》《大路朝天》《走出密林》等作品。我们当时驻扎在麻栗坡县下金厂区,土楼后面就是云遮雾罩的丛林。在昏暗的灯光下,我马不停蹄地写,我有太多的感受和见闻,有太多的冲动和思考,一年之内写了六部中篇小说。以后有人问我,在前线,生死未卜,为什么还要这样火急火燎地写小说,我回答,因为怕死,我要赶在那颗子弹抵达我的脑门之前,给我的小说写一个好一点的结尾。

几年后,就是凭借这几部中篇小说,我考入解放军艺术学院文学系。此后又因为当编辑,接触到大量的军史、战史,灵感喷涌,先后创作了几部长篇小说,譬如抗战题材的《历史的天空》《马上天下》《八月桂花遍地开》等,也写过和平时期军营生活的《仰角》《特务连》《明天战争》等,还写过适合少儿阅读的《琴声飞过旷野》《狗阵》《晨语》《遥远的信号》等。

但是有一条,不管写哪个领域、哪种风格的作品,我的眼前都会出现一片苍茫的雨林,出现在黑暗中划破雨空的雷电,出现一条看不见而始终奔腾在密林深处的河流。2021年,《英雄山》出版的时候,我请出版社的同志在扉页上写了两句话:生命的雷电穿行于战争丛林,情感的风雨汇聚于命运河流。

为什么要写这两句话,这两句话是什么意思,连我本人也不甚了了,但是我觉得很重要。这两句话也许就是一个密钥,或许有人能够从这两句话提供的意象里,破译一个两次经历战争的老兵的心理结构。

小说写了几十年,成了一个小有名气的作家,也获得过不少荣誉,但是总觉得缺点什么。缺什么呢?直到有一天,跟一个搞出版的朋友聊起年轻时的经历,朋友愕然问我,为什么不把你的战争经历写出来呢?我说,因为……因为……因为太多的原因。

朋友说,其实你最应该写的就是你的经历、你的最真实的情感、你的最逼近真相的体验。你不写,谁来写呢?

朋友的话终于引起了我的重视。虽然此前我在一些散文或随笔里偶尔会谈到我的战争经历,但大都是随手一提,简介似的。事实上,战争经历确实是我本人的一笔重要财富。我有一片山岳丛林,有一片遮风挡雨的芭蕉叶,有一条通向故乡、通向世界、通向远方的河流。是啊,我不写,谁来写呢?

2023年3月某日,我回到了那片丛林,回到了那棵芭蕉树下,回到了那条河的岸边,回到了我曾经生活了一年多的土楼子里面,群山在远处招手,丛林在风中呼唤,往事纷至沓来,星空历历在目……我打开电脑,一边盯着眼前的屏幕,一边捕捉记忆的碎片,然后把它们拼接在一起,仅仅一个月的时间,就完成了这部以自己的经历为主体的小说《丛林笔记》。作品里的人物和故事,哪些是虚构的,哪些是真实的,我说不清楚。

丛林笔记

一

军列在一个小站停下来,忙乎半夜,把炮车和牵引车从平板上卸下来,进入摩托化行军状态。再往前走,就是南北南地区了。副营长说,我们连队将作为先头部队第一批参战。

当天夜里,全连集合在树林里,听团里的尚副政委做动员。尚副政委先说了这次战斗的意义,一是要教训南北南地区当局,对其背信弃义侵占邻邦的行径进行惩罚;二是要检验部队的战斗力。尚副政委讲了一番大道理之后,又给我们讲了一部文学作品——爱尔兰作家伏尼契的作品《牛虻》——"不管我活着,还是我死去,我都是一只,快乐的牛虻!"

尚副政委说,作为革命者的亚瑟——牛虻,在被黑暗教会处死之前,对行刑的士兵说:"枪法太糟了,来吧孩子们,我来教你,朝这儿打。"

这个既是亚瑟又是牛虻的人,在我的心里一下子站稳了脚跟,在此后的岁月里,我一遍一遍地想象他的模样,脸上有胡子,有伤疤,没准还是个独眼,他的身材,应该和我差不多。

动员会后,连队在竹林里露营。没敢解开背包,大家在车上拥着大衣睡觉,听着时远时近的枪炮声,很难入眠,想法很多。迷迷瞪瞪中,我发现我走进了一片青纱帐,挥舞手枪指挥战士们往前冲,我自己则骑着一匹枣红马,风驰电掣冲到青纱帐里,抱起被敌人抓走的女游击队长,一边驰骋一边用机枪向敌人扫射,敌人蜂拥而来,前面有一道两丈多宽的沟坎,我两腿夹紧马肚子,一勒缰绳,战马扬起前蹄,一阵嘶鸣,纵身飞起……

就在这时候,听到一声吼,起来,准备战斗!

我呼啦一下爬起来,刚刚直起腰杆,脑袋顶在车棚的钢筋架上,顿时清醒了。直到车队启动了,我还在心里埋怨冯老兵,就差几秒钟了,我的战马就要落下来,就能救出女游击队长了,可是……尽管战场越来越近了,那匹战马和马背上的人还在我的脑海里飞翔,迟迟不肯落地。

实话实说,在那十几分钟里,我没有进入临战状态,而是徜徉在我自己的战争情境里,那个情境,应该来自此前读过的一本小说,可能是中国的,也可能是外国的。

过了澜溪大桥,行驶不到三公里,突然停下来。连队接到上级指示,停车待命。

这里显然刚刚经历过战斗,树林里有几处烟火,空气中弥漫着浓烈的焦煳味儿。隔着一道山梁,枪炮声时轻时重地传来,战斗还在艰难地推进。

路边有片甘蔗林,甘蔗被炸得东倒西歪,露出一些雪白的茬子。我对冯老兵说,我下去尿泡尿。

冯老兵皱着眉头说,都什么时候了,还尿什么尿啊。

我说,啥时候也不能阻挡我尿尿啊,管天管地……

冯老兵看看车外,已经有人下车活动了。冯老兵说,那就去吧,快去快回。

我刚要翻身下车,冯老兵又追上一句,差不多就行了,别尿个没完啊。

我大声回答,是!

我当然不是要尿尿,只不过要装出尿急的样子,尿急是单独行动最充分的理由。下了车,我低姿前进,向车队尾部跑去,然后找了一个斜坡,快速抵达目的地,收罗了几根甘蔗断枝,直起腰来刚要返回,突然发现前面有个东西。

透过朦胧的雾霭,我揉揉眼睛再看,没错,在左前方,距离我大约十米的甘蔗地里,一个炮弹坑的边上,静静地躺着一把手枪。尽管能见度很差,但我还是清晰地看见了棕红色的枪套在渐渐升起的朝霞中熠熠闪光,弯曲的背带像蚯蚓一样静静地蜷伏在凌乱的草丛边上。

我的心头一阵狂跳,扔掉甘蔗,猫腰向手枪的位置搜索前进。

身后传来喊声,担任警戒的姚强挥着手向我咋呼,杜二三你干什么,小心地雷!

我根本不理会姚强的警告,继续向手枪的方向运动,甘蔗叶子把我的脸划出了血糊糊的口子,我也毫无感觉。

快了,就在距离手枪还有两米远的地方,我多了一个心眼,停了下来,做了一个深呼吸,趴下去,趴在地上警觉地打量四周,然后折断一棵甘蔗,匍匐前进。在一个适当的距离上,小心翼翼地用甘蔗去扒拉那个手枪,一次不成再来第二次,过程惊险而又刺激。终于,手枪背带被甘蔗一端牢牢地缠上,手枪顺利到手。我迫不及待地打开枪套,不禁倒吸一口冷气,他妈的,居然……是个空枪套!

我沮丧地拍打着手枪套,不甘心地再次趴下,继续用甘蔗扒拉枪套所在位置的周边,希望能在散土里找到手枪,可是找了几遍一无所获。

就在这时候,远处传来沉闷的炮声,姚强的叫声也随之更加强硬地传了过来,杜二三,指导员找你,指导员说,你再不回来,要枪毙,枪毙!

看来确实找不到了,我犹豫着扔掉枪套,转身往回跑,就在我快要跑上公路的时候,身后传来爆炸声,刚才躺着枪套的地方掀起一股飞扬的尘土,一发炮弹落在那里,弹坑又挨了一炮。

我被那一炮吓蒙了,腿都软了。整个车队都发动了,我不知道该上哪辆车,忽然看见班长在远处起劲地挥手。近处的一辆车上,曹佃壮向我喊道,上来,上来,班长让你上这辆车。我犹豫了一下,把手伸给曹佃壮,爬上车厢,刚刚坐下,车子就发动了。

这才知道,因为步兵进攻受阻,上级让我们连队改变行军路线,转道长形高地,进行直瞄射击,配合步兵进攻战斗。

这一下就热闹了。从车厢往外看,十几辆保障车、炮车挤在狭窄的碎石公路上掉头,前车的屁股几乎擦着后车的鼻子,左车的脸擦着右车的耳朵,好像炮和车抱成一团在摔跤。

终于有几辆炮车把头掉过来了,包括我们屁股底下这辆,喘着粗气向指定位置挪动。

我上的这辆车,是炮车,不知道为什么,有线班的副班长吴曾路和我的同年兵曹侗壮也在这个车上。我向车内扫了一眼,感觉气氛有点不对头,大家都不说话,空洞的眼神流露出内心的惊恐。我好像这一会儿才突然明白过来,这回要玩真的了,不远处的枪炮声告诉我,再也没有侥幸了,我们货真价实地走进了战争。

很快,惊恐的情绪在我心里弥漫开来。出征之前,写请战书、决心书,我的文学素养得到了充分的发挥,什么"马革裹尸",什么"不破楼兰誓不还",等等,我的"请战书"最后一句是"让暴风雨来得更猛烈些吧"!

实话实说,那时候,有侥幸心理,总觉得仗打不起来。直到抵近战区,还有侥幸心理,认为我们是炮兵,不会面对面地真枪实弹。可是,突然一个命令下来,要打直瞄,要跟步兵在一起,要在最前沿,我们的侥幸彻底被粉碎了。

尽管是新兵,我也知道,直瞄就是把炮当枪使,和敌人面对面,其伤亡程度甚至比步兵还要大,因为炮兵目标大。

我控制不住自己的惊恐,但是,我必须掩盖这惊恐。无论如何,我不能让老兵们笑话我,我就是装,也必须装出"马革裹尸在所不辞"的样子,我要为我的豪言壮语负责。

看看车内,大家的表情都很凝重。他们也在装,竭力地装着不在乎,竭力地装着无所畏惧,但是我知道,他们的内心波涛汹涌,他们也写过这个书那个书,同样,他们也要为他们的豪言壮语负责。我相信,真的进入战场,真的打起来了,英雄好汉必将从这些人当中产生,然而眼下,还看不出来。

我看了看曹侗壮,曹侗壮也正看着我,我感到他的肩膀在微微发抖。我捏捏他的肩膀,他抬起头来,摸摸我放在他肩膀上的手,我们什么话也没说。

指挥排里,只有三个新兵,曹侗壮、姚强和我,我最年长,比他们两个大一岁。我觉得,和他们在一起,我更应该像个兄长,特别是对曹侗壮,因为他个子瘦小,也因为他被分在有线班,在他面前,我不能流露恐慌。

有线兵是炮兵连最耗体力的兵种,出征之前,应急训练的时候,每次看到曹侗壮背着沉重的电线轱辘飞奔,我就觉得有点儿对不住他,好像让他背电线轱辘是我的原因。不过,曹侗壮好像没觉得当有线兵有什么不好,这小子跑得很快,他是贵州人,腿功确实比我和姚强好。

这一段路无比漫长,几公里走了半个多小时,眼看离战场越来越近了,远远看见连长和指导员在路边等候,车内终于活跃起来了。炮班班长说,大家注意听指挥,下车动作要快,准备器材。

炮手们纷纷行动起来,有的检查瞄准镜,有的解开炮弹箱子上的绳子,那两个背着冲锋枪的炮手,唰的一下把枪横在胸前,准备下车掩护……动真格的,这些老兵还是不含糊的,他们的眼睛比半个小时前明亮多了,动作也敏捷多了。

炮车停稳后,炮手们鱼贯下车,摘炮、推炮,连长和指导员迎面匆匆过来,发现只有两门炮上来了,其余的炮车、指挥车、炊事车都没有上来。连长顾不上多说,指挥这两门炮赶紧占领阵地。指导员说,两门就两门吧,反正是直瞄射击,有炮就能打,没有指挥排也不要紧。

指挥排的人员,除了排长先期到达,随第一梯队上来的,只有我和曹侗壮。曹侗壮背着一个线轱辘,怀里还抱着电话机,好像随时准备架线。

排长有点恼火,看着我,又看看我的身后,口气很重地说,连个电台都没有,你来干什么?

我说,又不是我自己要来的,我坐的是一炮车。

排长吼道,为什么上错车?

我没有回答。

正好副营长匆匆路过,排长对副营长喊,副营长,给你一个警卫员——杜二三,跟副营长走。

副营长埋头赶路,头也不回地说,好,给我当传令兵。我一个副营长,哪能用得起警卫员啊?

我心里一喜,运气来了。二话不说,屁颠颠地追上了副营长。

我听见身后排长对曹俩壮说,打直瞄,不用电话,把线轱辘放路边,扛炮弹去。

炮手们动作很快,不到十分钟,最先占领阵地的两门炮已经开打了,透过浓雾,可以看见对面的火光——那是火力点,正在阻击我们的进攻分队。

副营长气喘吁吁带着我,在一片混乱的枪炮声中登上半山腰,察看地形,寻找适合火炮展开的位置。副营长说,小子,怕不怕?

我说，首长不怕，我也不怕。

副营长很注意地看了我一眼，说了声，好小子！你不怕，我也不怕。

其实我看得出来，副营长也有点儿紧张。

实话实说，我那时候还真的不怎么害怕，我想试试我到底有没有飞檐走壁刀枪不入的功夫，尽管我从来没有认真学过任何一门武功，但是我认为我有。中学的时候偷读小说，那里面的英雄总是大难不死，对我的影响很大。

副营长观察了一会儿地形，然后让我到山下传达命令——某某炮推到某某位置，纵坐标多少，横坐标多少。

步兵在山头实施火力压制，对方在看不见的地方还击，子弹在近处飞行，浓雾中的火光像飞舞的流萤，我在流萤和浓雾中穿梭。我的恐惧被一连串的爆炸声掩盖了，感觉好像我已经不是人了，我已经变成了一只鸟儿，我已经到了另外一个地方——在乌云和大海之间，海燕像黑色的闪电，在高傲地飞翔。一会儿翅膀碰着波浪，一会儿箭一般地冲向乌云……

有一次我正在公路上跑着，对面的机枪打了过来，打在我身边的山石上，我情知不好，一头钻进路边的排水沟，抬头看见侦察班长黄穆，他也被子弹撵到沟里了。

黄穆瞪着我说,杜二三,一点儿战术都不讲啊,干什么上蹿下跳!想把敌人的火力引过来啊?

我没好气地回答,我怎么上蹿下跳了?我在传达副营长的命令。

黄穆有点儿不相信地看着我,啊,传达副营长的命令,你怎么又成营部的兵了……你的电台呢?

我说,我没有电台,副营长说,打直瞄不需要电台。

黄穆说,传达什么命令?

我说,副营长命令四炮推到二号位置,这是坐标。

黄穆一把抓过我手里的纸条,看看上面标注坐标的数字,皱皱眉头说,四炮被车队挡住了,根本过不去……

他的眼皮啪啪跳了两下说,我来通知六班,六班先上。

说完,回头交代我,去向副营长报告,六班马上到位。

我刚要离开,黄穆喊了一声,鞋带,系好你的鞋带。

我低头一看,可不,鞋带散了。我系着鞋带,黄穆说,鞋带散了,会摔死人的。

我没搭腔,我当然知道,鞋带散了会摔死人。等我系好鞋带,黄穆盯着我的脖子看,我不禁摸摸风纪扣。不过他没有说什么,对我扬扬手说,快去向副营长报告。

返回的路上我心想,这家伙,他没有在第一时间上来不说,还诬蔑我想把敌人的火力引过来,我哪有那么大的本事啊?再说,他一个班长,擅自改动副营长的命令,追究下来,他承担得起吗?

回到那个山坡,我向副营长如实报告,路上碰见侦察班长,他说四炮被车队挡住了,由他去通知六炮先上。

副营长连想都没想就说,好,哪门炮都行……其他的呢,传我命令,到一门展开一门,听明白了没有?

我说,是,听明白了。

转眼我又在山前山后跑个来回。

前面的两门炮,主要是干部和班长们在打。后来六炮弯道超车上来了,黄穆也在推炮的队伍中,还不时站在路边指挥,威风凛凛,好像他不仅是侦察班长,还兼任副营长似的。

我们班长程于俊和有线班副班长吴曾路不知道什么时候也上来了,就在副营长的旁边。程于俊架设电台,吴曾路接上了电话,不多一会儿,电话里面传来一个声音,我是你们的副师长,我就在你们的身边,同志们不要慌,沉住气。

副营长马上站起来命令我,去,到阵地上喊话,副师长就在我们的身边,同志们不要慌,沉住气。

我跑到最前面,把副营长的话告诉了指导员,指导员站起来对我说,到后面传,挨个传,传达到每一个人。

说完,又扑在炮位上。

连长和指导员均在第一门炮上,连长用望远镜搜索对面山上的火力点,然后指示给指导员,指导员一发一发地打。

后面的几门炮陆续上来之后,公路狭窄,施展不开。副营长这时候镇定多了,又让我传达命令——打不了炮的炮手,统统去扛炮弹。

指导员打得汗流浃背,不时兴奋地嘿一声,嫌手枪碍事,干脆摘下来,看到我在不远处,招呼我靠近,把手枪扔给我说,以后帮我背着。

我一怔,又一喜,拍着枪套问指导员,我能不能开枪?

指导员怔了一下,哈哈大笑说,可以啊,发现目标你就打,不要乱打哦。

我说好。整个战斗过程,我就背着指导员的手枪,一会儿传达命令,一会儿帮忙搬炮弹。我的嘴里喘着粗气,心里美滋滋的,眼睛东张西望,老想发现一个偷袭的敌人,叭叭叭开上几枪。可惜的是,没有这个机会。

六炮进入副营长指定的位置，连我都能看得出来，那是一个绝妙的位置，在公路下方，比一炮和二炮要低十多米，前方视界开阔，后面运送弹药也方便。

忽然，我发现黄穆也在炮位上，正撅着屁股摆弄高低机和方向机。这家伙是侦察班长啊，也会打炮？我有点儿不敢相信，擦擦眼睛再看，确实是他，他的样子像一个老练的炮手，前腿弓后腿绷，脑门儿贴在接目镜上，好长时间才打出去一发，一发过去，对面的一个火力点就哑了。

给黄穆装炮弹的是新兵马涛，白白胖胖的，在新兵排的队列里，我是排头兵，他就在我左手边。我对他的深刻印象，就是他经常把向左转搞成向右转，不是跟我脸对脸，就是跟我背靠背。不过，此刻他的动作还算麻利，他同另外两个老兵一道，接力上传炮弹，最前面的一个低姿搬出炮弹，中间一个弯腰接过，最前面的直立将炮弹送到炮位上，三个人抱着炮弹像抱着一个超级棒槌，由低而高再由高而低，构成了一个流畅的弧线，给我留下了深刻的印象。

曹侗壮和姚强也出现在扛炮弹的队伍里，曹侗壮小小的身躯扛着四十多公斤重的炮弹箱，居然走得很快，这家伙，天生就是出苦力的啊。姚强比曹侗壮差远了，他同冯叶抬一箱，走走停停，这两个人都不是干活的人。

不知道打了多少发炮弹,对方的火力终于被吸引过来了,先是听到左前方一声闷响,原来是两发火箭弹落在车队附近,正在修车的一名司机当场被削掉半拉屁股。

当时我就在炮阵地附近,第三发火箭弹在距我不到三十米的地方爆炸,强大的气流将我冲了一个趔趄,只觉得肩膀被砸了一下,顺手一扯,我的天啊,是一只手,一只血淋淋的手,一只露着骨茬的手,像烧焦的熊掌,几个手指紧紧地抓住我的胳膊。

我不知道我有没有发出尖叫,反正我是跑了,我像箭一样离开炮阵地,像野兽一样狂奔。就在那个短短的瞬间,我的思想发生了巨大的变化——其实我什么也没有想,就是想跑,想离开这个血肉横飞的地方,离开战场,找一个不会挨火箭弹的地方藏起来,藏到山洞里……

仅仅过了十几秒钟,也许更短,我不跑了,我迎面看见了副营长。副营长大步流星走向一炮,挥着手高喊,先打六号火力点,横坐标××××,纵坐标×××××……

回答副营长的还是火箭弹爆炸的声音,只听到一声啸叫,我还没有看清眼前发生了什么,连喊一声都没来得及,一头撞了上去。副营长猝不及防,被撞了个仰面朝天,爬起来骂骂咧咧地说,哪个搞起的,他妈的哪个推老子?

骂了两声,才回过神来,拍拍屁股,看着我,龇牙咧嘴地说,嗯,不错,还知道保护首长。

其实已经是马后炮了。

二

后来听说,这场战斗十分激烈,敌人的六号火力点处在我们的射击死角,步兵一直呼唤火力支援,一班的瞄准手胡庆华找到一个角度,连发三炮,将六号火力点的顶部打崩,这个火力点才哑了下来。我方的损失也很大,一炮、二炮,连同后面上来的四炮,遭到密集的火力杀伤,先后有九个人负伤,其中一班老兵胡庆华伤势最重,从阵地上抬下来时,已经生命垂危了。

六炮没有人负伤,因为他们的位置是对方的射击死角,也就是说,敌人在他们的明处,而他们在敌人的暗处。副营长太英明了。

打扫战场的时候,我向副营长报告,有一只手被炸断了,落在我的肩膀上,不知道是山头步兵的,还是我们连队的,我想找到那只手,没准还能给战友接上。

副营长惊讶地说,啊,还有这件事啊,赶快找。

可是找了半天,没有找到,只找到一只动物的爪子,当时谁也说不清楚那是野兽的爪子还是家禽的爪子。

副营长说,幻觉,你是高度紧张,出现了幻觉。不过,小伙子还不错,第一次打仗就有这个表现,很难得。

我说,首长也不错,也是第一次。

副营长意外地看了我一眼,突然笑了,哈哈,这小子,老是跟我比啊,还鼓励我呢。

我才知道我的话不太得体,居然经常跟副营长相提并论。不过看得出来,副营长不讨厌我。

营部来了几个人,把副营长接走了。我在寻找本班的路上,看见曹侗壮挎着电线轱辘,正在收破烂儿——步兵扔下的一部电话机和通向山头的被覆线。我问他,看见那只手了吗?

曹侗壮莫名其妙地看着我问,什么手?

我说,战斗中,一只被炸断的手落在我肩膀上,还掐了我一下。副营长说我出现了幻觉,你觉得呢?

曹侗壮的脸立马变白了,还打了个寒噤,嘟嘟囔囔地说,你别吓我,我胆子小……

我哈哈大笑。我说,你胆子小还在这里捡破烂儿?你胆子太大了,搞得不好会踩上地雷。

曹侗壮看着我,一脸麻木。

我说,我确实感觉有一只手落在我肩膀上,刚才没找到,你要是看见了,马上向连队报告,没准是战友的手呢,找回来还能接上。

曹侗壮往山下看了看,似乎拿不定主意,这线还要不要收下去——线是山头扯下来的,那里原先是步兵404团的指挥所。

我说,不开玩笑了……你收这些东西干什么?

曹侗壮说,我看还是半新的,不过,被砸坏了。

我接过电话机看看,是被砸坏了,而且上面还有弹孔。

我忍不住笑了,我说,你打算把它带回去吗?

曹侗壮看看我,再看看电话机,虽然还有点儿舍不得,最终还是把它扔到山下了,扔出老远。然后跟我讲,还有一样东西,你来看看有没有用。

我疑惑地跟着曹侗壮,往坡下走了几步,曹侗壮扒开树丛跟我讲,你来看。

我又往前走了两步,这一看不要紧,一看我头发都竖起来了,原来是一发火箭弹的弹丸,前面半截贴着地皮插到树根里,后面半截像半个酒瓶露在外面。从弹屁股的角度看,应该是战斗中从对方的山洞火力点打过来的。

我大喊一声,卧倒!

曹侗壮没有卧倒,用奇怪的眼神瞪着我。

我说,曹侗壮你这个土老帽儿,这是火箭弹你知道不知道?

曹侗壮还是无动于衷,并且往前走了几步,弯腰察看那半个火箭弹,差点儿就动手了。

我吓坏了,连滚带爬地跑去把他扑倒,抱着他使劲地翻滚,一起滚到十几米开外,终于滚不动了才停下来。

曹侗壮也被吓坏了——不是被火箭弹吓的,而是被我吓的。曹侗壮睁着一双迷蒙的眼睛看着我说,你干什么?那是哑弹。

我说我当然知道是哑弹,可是,你要是动手去搬它,恐怕它就要发言了。

曹侗壮好像这时候才意识到问题严重,问我,咋办?

我说,赶快走,反正连队就要离开了,让我们的敌人来……搬起石头砸自己的脚吧。

曹侗壮还是不动,想了想说,那不行,不妥……

我急了,吼了起来,有什么不妥,赶快走!

曹侗壮说,敌人把它弄回去,还能用,咋办?

曹侗壮这么一问,我也怔住了。

曹侗壮又说,万一我们的后续部队来了,万一没看见……咋办?

我一听,这个傻子的话还有几分道理。看看不远处,炮班都在忙着收拾装备,准备撤离。

我说,走,向连长报告,炮班的老兵有经验。

后来我们就跑上去,向连长报告。

连长听说有这么个东西,就近把六班长刘桥叫过来。

刘桥说,打炮我会,但是拆弹我不会,这样吧,你们站远点,看看我老刘的手段。

连长说,你小心啊,搞不好就别搞,先画个圈,此处有地雷。

刘桥说,等等看吧,我先来玩个绝活儿。

刘桥让我们都走开,在公路拐弯处隐蔽,然后他自己拎了一个冲锋枪,算了算角度,在距离火箭弹五十多米的一块石头下面蹲下来,瞄准哑弹,开了一枪。

我们屏住呼吸,等哑弹爆炸,等了半天没动静,连长拿着望远镜一边观察一边喊,打中了,但是没有打到引信上,打到铁壳上有屁用啊。修正炸点,往下0-0.5,不,往下五公分!

刘桥不搭腔,接着瞄准,嗒嗒两枪,嗒嗒嗒三枪……不知道过了多久,就听一声巨响,接着看见那棵大树颤抖着倒下了,绿色的树叶像蝴蝶一样漫天飞舞。

刘桥拎着枪,耀武扬威地回到阵地上,连长说,六班长,打枪的水平还是不如打炮,就那么个小玩意儿,还用六发子弹?

刘桥皮笑肉不笑地说,你那两下子,什么五公分,十公分都没有用,都打在铁皮上,我只有把它从土里打出来,才能看到引信,把固定目标变成运动目标,嘿,一打一个准。

连长说,好好,你厉害,以后评功评奖,把这个也算上,消除隐患。

连长路上跟刘桥探讨,到底是打在引信上,还是打在尾翼上。刘桥说,那我哪能看见啊,我要是能够看见,我也完了。

连长说,也是,管它打在哪里,反正是打爆了。

曹侗壮看我一直心事重重的样子,骨碌着眼睛,安慰我说,我知道了,砸在你肩膀上的,不是手,而是一只手套。

我说,那怎么可能,明明是手……唉,也许就是手套吧,可是,那是谁的手套呢?

曹侗壮说,你干吗那么较真啊,反正不是手,你也不用再找了。

我们炮团九连参加的第一次战斗，师史记载为"澜溪长形高地进攻战斗"，我们连队抵近射击的战例，有详细记述，我就不多说了，我要说说我本人的故事。我本人有什么故事呢，其实也没有什么青史留名的事迹，但是，别忘了，我有了一把手枪，一把真正的"五四式"手枪。

我喜欢手枪，由来已久。小时候看连环画，最喜欢看举着手枪的人，以至于上了高中之后，还用节省下来的菜票钱买玩具手枪，不仅受到同学们的嗤笑，也让父母对我深为失望，觉得我是个长不大的孩子。后来我参军了，我的第一理想是，迅速当上军官，搞把手枪背在身上。有一次夜里做梦，梦见我背上了手枪，耀武扬威地回到家乡，用这把手枪把曹大黑押到河湾里打一顿，读初中那几年，我没少受他欺负。

终于货真价实地参加了一次战斗，我发现我既没有像我想象的那样勇敢，也不像我担心的那样怯懦。偶尔，我也会想起我曾经产生的逃跑念头，为此我感到羞耻。好在，那只是刹那间的事情，战斗还在继续，我将用实际行动洗刷这个埋在我心里的耻辱。

三

中午十二时许,上级命令我们撤出战斗。

我背着指导员的手枪,跟在副营长、连长和指导员的后面,觉得浑身都是劲。

走到一个路口,一堆首长在那里迎候,头天给我们做动员报告的尚副政委站在前面,看见我的身上背着手枪,一脸凝重地问,哪个同志……走了?

尚副政委大约误认为哪位干部牺牲了,由我这个新兵代理了。指导员大大咧咧地说,没有,干部都健在……小杜,啊,杜二三同志背的手枪是我的。

我当时很紧张,心里想,恐怕首长不会让我背手枪了。幸好,尚副政委没当回事,只是说,那就好,那就好,同志们辛苦了。那时候干部们都愿意背上一支冲锋枪,没有谁在意一支手枪背在谁的身上。

路上听说,尚副政委名字叫尚斌,是个大笔杆子,会写通讯,还会写诗,原先是师政治部文化科的副科长兼宣传队长。

在一个村庄边上休整的时候,听老兵讲,澜溪长形高地战斗,因为是首战,对方抵抗十分顽强,加上防御工事坚固,一名大尉军官指挥一个加强营,从早晨到中午,坚持了六个小时。当然,长形高地后来还是被我们攻破了,毙伤对方大尉营长以下官兵若干,其余的撤到鬐山一线固守待援,形成第二道屏障。

这仗有得打了,老兵说。

热带季风气候反复无常,中午下了一场雨,晚上又下了一场雨,而且很大。前面道路拥堵,上面通报至少要两个小时才能疏通,车队停下来临时休息。排长指定三个老兵,每人带一个新兵在距离车队三十米处警戒。

冯叶带着我潜伏在一丛芭蕉树下,电闪雷鸣中我看见身后和身边全是树木,栖身的地方像是从雨林里掏出的洞穴,远处的山峦犹如隆起的馒头。雷电过后,漆黑的天幕潮水般拍打着我的脸。

我突然想,李白说,黄河之水天上来,这话是不对的。其实水——哪里的水都是从土地里生长的。我想到一个问题,这水要到哪里去?无论是陆地还是海洋,也包括我的家乡,这水都可以到达。这样一想,才开始想家,我想跑到路边的溪流,对着溪水说几句话,请它给我的父母亲人们捎信,可是说什么呢,告诉他们我在南方的山岳丛林里,正在像野人一样浑身湿透吗,告诉他们我抱着枪冻得瑟瑟发抖吗?

当然,我不可能离开哨位,我只是对着头顶和眼前哗哗流过的雨水,在心里吼了一句,让暴风雨来得更猛烈些吧!

暴雨来得快也停得快,不到十分钟就停了,漫无边际的漆黑重新悬挂在眼前,从身边涌起一股泥土和草木腐烂的气息,我们就像蚯蚓一样重新拱出地面,车队又开始缓慢前行。

第二天中午,在一个村庄边上休整,等待开饭的当口,排长让我们清点物资。我的身上除了指导员的手枪,只剩下一只铝盆和一只口缸,装在干粮袋里。铝盆属于战备物资,老兵们叫它万能盆,过年包饺子用它和面、拌馅儿、装饺子,打仗的时候,洗脸是它,洗衣服是它,盛菜盛饭是它,甚至有时候烫脚也靠它。口缸是个人物资,喝水靠它,刷牙靠它,盛饭也靠它。

除了铝盆和口缸,还有一个背包。出征之前,个人的所有物品,凡是有字的,包括一本连环画《山鹰之歌》,那是我从家里带到部队的唯一的文学作品,我非常羡慕那个名叫阿尔边的游击队员,当然更喜欢和他生死与共的扎娜,如今,他们都被我装进手提包里,放在连队的仓库。

我们的背包里,有一套换洗衣服,一双胶鞋,还有三角巾等,用一块白布,打成一个方方正正的包裹,每个人的小包都是这个规格,然后结结实实打进背包里。背包的用处就大了,有条件睡觉的时候可以解开当被子,行军休息的时候可以当凳子,战斗激烈的时候可以放在掩体前面当工事。老兵说,那块白布,实际上是一块卫生布,负伤了可以包扎伤口,阵亡了可以包裹尸体……不管是背包还是小包,都是为死亡做准备的,好像我们是背着自己的家,同时也背着自己的棺材,进入了南方的山岳丛林。

好在,我背上了手枪,这让我生出一些优越感。虽然手枪不是我的,可是背在我的身上,还是让我的身高凭空长高了一些。手枪不仅能够增加我的身高,更能掩盖我的恐惧,可是,我什么时候才能有一把属于自己的手枪呢?

我正在胡思乱想,突然传来一阵哨音,排长从远处狂奔过来说,卧倒,赶快卧倒!

我们不知道发生了什么事情,赶紧卧倒。这里是山岳丛林,附近没有青纱帐,只有一些灌木丛,我觉得灌木丛同样不安全,倘若炮弹真的落下来,把我跟灌木丛一起炸得稀烂，还不如死在光天化日之下。

卧倒之后，我还东张西望，看见几个人脑袋钻进灌木丛里，屁股还拱在外面，觉得十分好笑。我告诫自己，任何时候都不要出这种洋相，把动物爪子当成人手的笑话再也不能发生了。特别是，还有逃跑的念头，想都不能想，想想就是罪过。

不知道过了多久，听见嗡嗡的声音由远及近，抬头一看，远方的天空下有一个移动的白点，白点上面是蓝天，白点从薄纱一样的云絮里穿过。尽管我是新兵，我也知道那不是战斗机，也不是轰炸机。

虚惊一场之后，就开饭了。炊事班在甘蔗地里挖灶搭锅，居然做出了白菜豆腐和萝卜炖肉，几个大铝盆摆在地上，热气腾腾。真饿啊，我想这回可以放开肚皮吃一顿了。

排队打饭的时候，看见有线班副班长吴曾路只盛了半口缸米饭，我说吴老兵饭量那么大，怎么只盛了这么一点点。旁边的冯叶说，哈哈，杜二三你不懂吧，先吃半碗，快速吃完，然后再擂上一满碗，就可以慢慢地吃了。老吴我说对了吧？

吴曾路脸一红，也不回答，埋头吃饭。

吃过饭不久，连队又接到命令，对方在簪山部署了第二道防御，交叉火力封锁了道路。上级命令我们连队，分别把炮推到几个高地，以单炮为作战单元，在步兵的背后，形成环形火力支撑，配合总攻。

一年后我在军校学习步炮协同，得知謦山战斗是炮兵作战史上的一个经典战例。没想到，我本人会成为这个战例的参与者。

我们无线班被分为三组，冯叶率领的这一组，也就是率领我本人，跟刘桥的六班行动。看看黄穆也跟上来了，我悄悄问冯叶，黄穆还会打炮？

冯叶说，当然，黄穆当过瞄准手。

我说，当瞄准手的，怎么又到侦察班了？

冯叶笑笑说，他还当过炊事班长，还会……还会跳舞呢，嘿嘿，这个人……

我有点儿犯傻，从炊事班长到侦察班长，这之间的距离也太大了。我说，他在长形高地战斗中，假传命令，副营长明明要四炮先上，他说四炮被堵住了，让六炮先上。

冯叶皱着眉头想了想说，这也不算什么，灵活机动嘛……六炮打得确实漂亮。

冯叶虽然这么说，但是我感觉他和黄穆的关系并不太好，他们两个是同年兵，还来自同一个地方，黄穆班长都当两年了,还是干部苗子,冯叶心里会有点儿酸吧?

六班在山上构筑阵地,冯叶把电台架起来,不大一会儿,传来了嘀嘀的信号声。我持枪警戒,瞪大眼睛看冯叶操作。

冯叶口中念念有词,抄了两份报,最后一份抄译完毕,他扭头看了看我,突然跳起来,一把揪住我的耳朵,揪了两下又放开,嚷嚷起来,杜二三立功了,三等功,你小子真走运。

站在一边的黄穆说,啊,立功了,这小子干了什么就立功了?

我没有理睬黄穆,我知道他不待见我。

不远处,炮手们正在搬运炮弹,马涛一只手攥着油纸,一只手拄着竖起来的炮弹箱,面无表情地看着我,我不知道他是羡慕我还是嫉妒我。

我向马涛挥挥手,我说,马涛,就看你们的了。

马涛没有回答,腰一弯,把炮弹扛到肩膀上。

冯叶说,电报没有那么详细,估计以后要报立功材料。

黄穆看看我,阴阳怪气地笑了一下。

大约过了十分钟,山谷枪声大作,刘桥着急地问冯叶,步兵都打起来了,我们为什么还……还没接到命令?

冯叶说,我怎么知道啊,别急,也许快了……话音刚落,电台信号灯亮了。

冯叶全神贯注地抄译电报,译完了,表情奇怪地看着电报纸说,啊,派一部电台到师指挥所,到师指挥所干什么?

这时候指导员过来了,看看电报,抬头对冯叶和我说,你……还有你,马上下山,到……指导员说出了一个坐标。

刘桥急了,嚷嚷道,电台走了,我怎么办?

指导员说,这里不用电台,我让有线兵架线。

又对黄穆说,侦察班长,去告诉连长,启动有线联络。

黄穆说,好!说完转身就走。

山谷里传来冲锋号音,刘桥一脸困惑地说,这都打起来了,我们还没有接到命令,还把电台调走了,这仗打得蹊跷啊……

指导员眼睛一瞪说,什么蹊跷,这是战术,总攻还没有开始,现在应该是佯攻。

说完,又向冯叶说,快点儿下山。

冯叶二话不说,收起电台,向我一摆脑袋,很潇洒的样子。我们两个一路小跑,迎头遇上吴曾路和曹侗壮,两个人背着线轱辘,一边跑一边放线,跑得飞快。

冯叶说,老吴,这回要露一手了,没准能立大功呢。

吴曾路嘿嘿一笑,啥也不说,从我们身边擦过的时候,把冯叶撞了个趔趄。

冯叶冲吴曾路的背影喊,老吴,你故意的吧?

吴曾路还是不搭腔,转眼已经跑出十几米远。

冯叶望着他的背影说,这个闷驴,没准要走运。

我说,这个闷驴……你就这么叫他?

冯叶说,这么叫他,嘿嘿,我们都是老兵,开玩笑是正常的。你注意老吴的腿没?

我说,我没有注意。

冯叶看着吴曾路一跳一跳地钻进树林,不确定地说,这个闷驴,没准儿腿上还绑着沙袋。他妈的,睡觉他都绑着沙袋。

我知道,有线兵需要腿功,跑得快,爬得高,可以迅速架线,遇山过山,逢水过水,可是,这都什么时候了,这是打仗啊,还有必要在腿上绑上沙袋吗?难道他想把自己练成飞毛腿不成?难道曹侗壮的腿上也绑着沙袋?

我打算回来告诉曹侗壮,野战条件下,就不用绑沙袋了,绑着沙袋打仗,太傻了。

到达指定位置,老远看见一辆越野吉普车,旁边站着一个高个子首长。旁边还站着几个人,有我们营长,还有两个军官。

冯叶一下子愣住了,脱口而出,团长,是团长……不,副师长,郑副师长。

我也认出来了,当新兵的时候就见过,红脸汉子,眼睛很亮。我说,副师长怎么到这里来了?这是火线啊。

冯叶说,副师长肯定一直跟着我们团行动。

首长看到我们两个,笑笑说,啊,小冯啊,我们又见面了。

冯叶大声报告,报告首长,九连无线班第三小组向首长报到。

首长对站在一旁的几个人说,你们,各忙各的,有这两个小伙子就行了。

说完,向冯叶和我一挥手,上车。

副师长让我们两个坐在后面,他自己坐前面,副师长刚一上车,车轮往下沉了一下,接着弹起,唰的一下,冲出老远。这司机的技术太厉害了。

拐了一个弯,枪声就逼近了,从车窗里能够看见山下硝烟弥漫,搞不清楚是对方的兵力,还是我们的人,有的猫腰冲击,有的快速奔跑,喊声、枪声、爆炸声不绝于耳,有些子弹就落在越野车的前后左右,崩裂的乱石甚至打在我们的车上。

我扭头看看冯叶,冯叶的脸色苍白,一只手紧紧攥着司机椅背的扶手,发出吱吱呀呀的声音。再看看副师长,副师长的后脑勺像焊接在脖子上,一动不动。

再往前走,路被炸断了,路边有几具尸体,半山腰有几幢房子,司机的脸白了,不安地看着副师长。

副师长的后脑勺还是一动不动,两秒钟后,喊了一声,靠左,停车,不熄火。

司机将车停下。我不明白为什么要靠左,正在观察,副师长突然喊,贴紧山根,二挡前进……换挡,加油,再踩一脚……

我还没有明白过来,只觉得背后好像被人猛推一掌,唰唰,唰唰唰,我们的越野车像一头豹子一样,离开山根,箭镞一般冲向前方,身后随即传来密集的枪声……

直到拐了一个弯,副师长擦擦脑门儿,回过头来笑笑说,好险,要是一个副师长被伏击了,那可就闹笑话了,没准儿是开战以来牺牲的最大的官,哈哈,老夫且发少年狂啊。

看样子,已经进入我军控制区了,我们都松了一口气。

越野车跳跃着前进,我的思维也在跳跃。我长久地盯着副师长笔挺的后脑勺,我的脊梁上背着709B型小功率电台,肩上斜挎着手枪,怀里揣着三等功,脑子里飘扬着勋章、鲜花和朝思暮想的……某个姑娘,心潮澎湃。我警惕地观察车内,一直纠结一个问题——如果这时候一枚手榴弹落进车里,我是首先捡起手榴弹扔出呢,还是首先扑在副师长的身上呢?我有点拿不定主意。

半个小时后,到了师指挥所,只见到处都是忙碌的人影,其中有一些女兵,忙着发报收报。一个印着红十字的帐篷旁边,有一个保温桶,里面装着绿豆汤。

副师长下车后,让我们不要离开,就在车边等待。

冯叶盯着那个红十字帐篷说,师部还会有伤员?

我没有回答,我也不知道师部会不会出现伤员。这时候从另一个帐篷里面走出一个女兵,端着一个铝盆,她在转身的时候似乎看见我们,停下步子,径直看着我。我的心里一阵紧张,怦怦乱跳,被女兵这么看,还是头一次,我有什么好看的呢?

女兵放下铝盆,朝我们走来,我的心更加慌乱了,拿不准要不要迎上去,琢磨该怎么跟她对话……我正心慌意乱,听到一个惊喜的声音,冯叶,你怎么在这里?

我的肩膀往下一坠,冲锋枪背带差点儿从肩膀上滑落下去。原来她是冲冯叶来的。

冯叶说,哈哈,奉首长命令,到师指挥所,直接指挥我们连队,配合瞽山拔点战斗。

冯叶说了一大串,就像照本宣科,传输口令。

女兵说,太好了,宣传队解散后就没有见到你们,没想到在这里见到了。

冯叶还是那副一本正经的样子说,我们炮团九连,在澜溪长形高地中,创造了近战五百米,大炮上刺刀的战绩,我本人……很好。

女兵的眼睛里流露出惊喜的光芒,这时候我才敢偷看她的脸,白里透红,腮帮子上还有酒窝。女兵注意到我在身边,朝我一笑,我连忙把头低下,假装去舀绿豆汤,一边快步离开,一边从腰间摘口缸。等我打好绿豆汤,女兵也离开了。

师部真好,我想,要是我在师部当兵就好了,不管是在通信营还是在警卫连。

来了一个参谋,跟冯叶交代了几句,冯叶让我把几个装食品的空箱子码好,架上电台,就成了简易的无线通信站。一个有线兵背着线轱辘,把线一直布到我们脚下,参谋坐在食品箱子上,举着电话话筒,听一阵,向冯叶复述一阵。

冯叶刚开始有点手忙脚乱,不过很快就稳住了,一边抄录,一边传输。

那些口令,有的我懂,有的我不懂。就在口令下达几秒钟后,远处传来隆隆的轰响。随着冯叶嘴里数字的变化,远处的爆炸声也不断变化,有时间隔短促,有时连续爆炸,就像鞭炮,有时齐射,声音巨大。我知道,那就是我们连队实施的单炮火力支撑,在步兵的背后,直瞄和间瞄相结合。

在冯叶操作的过程中,我无事可做,东张西望,抬头望去,看见城墙上有师首长踮起脚尖的身影,不远处仍是枪声炮声厮杀声,不时能听到头顶传来兴奋的喊声,某某部队穿插成功了,某某团上去了!

大约半个小时以后,山下的枪炮声稀疏下来。

我问冯叶,我们连队打了吗?

冯叶的脸憋得通红,额头上挂着汗珠,瞪着我说,听不出来啊,我们的加农炮,嘿,我直接指挥的,不,是副师长直接指挥我指挥的,走运的话,我也可以立个三等功。

这时候一个参谋过来说,你们的任务完成了,可以回去了。把你们营的越野车带上。

冯叶说,回去?就我们两个?

参谋说,还有司机。放心吧,暮山据点被拔掉了,这一带,都是我们的部队。

冯叶向我挥挥手说,把电台收起来,背上。

四

返回连队的路上,冯叶跟我讲,副师长出征前还是我们团的团长,因为要打仗了,才被提拔为副师长。

为什么要我们连队派一部电台呢,冯叶说,郑副师长要直接指挥我们连队近战,在师部便于掌握步兵情况,适时调整。又说,这回知道了吧,我们排为什么叫指挥排,不是我们直接指挥,而是……首长指挥我们指挥部队。

我说,我太荣幸了,跟着你指挥部队。

冯叶说,你小子真走运,新兵排一解散就分到无线班,知道吗?无线兵是炮兵里的技术兵种。

我说,走运什么,我更想到侦察班,连姚强都分到了侦察班。

冯叶突然凑近我,压低声音说,你知道啥?要是打大仗,实施间接瞄准射击,要开设前进观察所,前进观察所一直跟步兵行动,甚至比步兵还要靠前,伤亡率……

我提高嗓门儿说,那我也情愿,怕死我就不来当兵了。

我嘴里这么说着,心里想起了一句话,"这是勇敢的海燕,在怒吼的大海上,在闪电中间,高傲地飞翔"……这么想着,情不自禁地哼了出来,嘴里念念有词。

什么,你说什么?冯叶瞪着大眼看着我。

我回过神来,嘟囔说,我没说什么,我要向老兵学习。

冯叶的眼皮跳了几下说,你说,勇敢的海燕……好几次听到你说海燕,海燕是谁,你女朋友?

我说,扯淡,我哪有女朋友,你连海燕是谁都不知道啊?

冯叶想了想说,想起来了,看过一幅油画,一个架线的女民兵,骑在电线杆上呼叫,我是海燕,我是海燕……那不是有线兵,那是个女二球,你也是二球。

我说……我在心里说,你才是二球呢,还想让我当你的姐夫,不是二球是什么?

冯叶是城市兵,大脸庞,高鼻梁,凹眼窝,有点儿像那个有法国血统的相声演员。我分到无线班之后,程于俊就让他带我,教我背九九密码。他不像连队其他人那样讨厌我。休息的时候,他会把作业夹打开,用钢笔唰唰地画些素描。出征之前,有一次他打开作业夹,让我看一幅画,是一个裹着头巾的女子。他跟我讲,杜二三啊,我把我姐姐介绍给你当女朋友怎么样?我有点儿不高兴,就算我长得老相一点,可我比你小一岁啊,干吗介绍你姐姐啊,为什么不把你妹妹介绍给我?冯叶笑笑说,我妹妹?我妹妹她才十三岁。我说我可以等,等她长大了。冯叶哈哈大笑,拍着我的肩膀说,你小子,有理想,不过,你得先当上军官,我知道,你一定能当上军官,你小子运气好。

我想问问那个女兵的事,没准儿是冯叶的女朋友呢,可是我没问,战士不许谈恋爱,问这事犯忌。

实话实说,在九连,喜欢我的人不多,冯叶要算一个,跟他在一起,我的心情通常都很好,这次到师指挥所,报务工作都是他完成的,我就像他的随从。

这天上半夜,在一个名叫班占的地方宿营,连队秘密召开一个战斗骨干会议,除了班长们,还有几个老兵。意外的是,我也接到通知了。

指导员在会上讲,前几次战斗检验了我们,总体看,我们连队是好样的。但是,有些同志战斗作风不过硬,关键时刻不敢冲在前面……战斗骨干的任务,就是要"注意"和"帮助"那些意志薄弱者,防止他们在战斗残酷的当口开小差……

姚强的事我是听曹侗壮讲的。指挥排里,只有三个新兵,我无形中成了曹侗壮和姚强的主心骨。

在簪山战斗中,对方一个排偷袭了我们的一号阵地,击中了一台通信车,那台通信车被烧了,据说当时由姚强和另外两个老兵警戒,是他们擅离职守造成的。

偷袭的敌人是吴曾路和黄穆最先发现的,他们边打边报警,直到连长调整兵力,各班的冲锋枪都调过来了,这才将敌人打退。

但是,姚强和那两个战士都坚持说,他们没有发现敌人偷袭,他们以为是山下传来的枪声。黄穆证明,他发现敌人的时候,姚强确实在他的警戒位置,并没有擅离职守,更谈不上临阵脱逃。

虽然黄穆这么说,但是当敌情出现的时候,姚强和那两个战士不在现场,有畏缩不前的嫌疑,所以就成了需要"注意"和"帮助"的人。

打了几仗,部队的情绪就调整过来了,大家的脸上不再阴沉沉的,有了空闲时间,还聚在一起聊天讲笑话。

有天下午,有炮擦炮,没炮擦枪,我从吴曾路那里弄来枪油,把手枪大卸八块,放在枪油里浸泡。

轻武器分解结合,当新兵的时候学过,不过那主要是步枪。手枪的分解结合没学过,但也难不住我,在没有摸到真手枪之前,我就了解它的全部结构,可以说无师自通。

那天我先是把各部零件擦好,然后用探条擦拭枪管,擦得差不多了,举起来,接点阳光进来,从弹仓往外看,突然发现枪管内壁有几道弯曲的、很浅的凹槽,就像……就像后来见到的石膏人体塑像上的曲线,均匀而流畅。

正在擦枪,黄穆雄赳赳地走过来了,我注意到他换了一身干净的军装,扣着风纪扣。我相信,在我们九连,不,在整个参战的部队里,恐怕只有他一个人会换衣服。过去在新兵排,他要求姚强,无论什么时候,都不要邋里邋遢的,就是救火也要把风纪扣扣好。我估计他有洁癖。

看见我摆弄手枪,黄穆一脸不屑,训斥道,你怎么把手枪拆成这个样子,这是你的手枪吗?这是指导员的手枪,你把它弄坏了谁负责?

我不卑不亢地说,指导员让我替他擦的。

黄穆说,啊?那你要小心了,可别把撞针弄坏了。

我心里想,你又不是我的班长,你管得着吗? 真是狗拿耗子。但是我没敢说出来。

黄穆离开后,我的心情被他搞得一团糟。这家伙,不知道为什么总是跟我过不去。我听人说,他还在我们班长面前说我的坏话,说杜二三这小子,很自我,牛皮烘烘的,你们要加强管理,别出问题。

我不知道程于俊是怎么回答的,我要是程于俊,我就会把黄穆顶回去,我是班长,你也是班长,你把姚强管好就行了,你管我的兵干什么——但是我估计程于俊不会这么说,程于俊是个老实人,他不会得罪黄穆。

这里要说说侦察班是怎么回事了。

我们炮兵连队的侦察班,同步兵侦察班不一样,不是靠擒拿格斗和化装侦察吃饭。炮兵侦察班的主要任务是测地并进行计算,计算射击诸元,也就是说,炮兵连队的侦察班是炮兵连的灵魂,炮口指向哪里,主要是侦察班说了算。据老兵说,黄穆是我们连队一等一的人才,听说他考大学总分只差了四分,原因是把唯物主义和唯心主义这两个名词的意思完全弄反了,一道问答题拉下了很多分。

我不认为黄穆是因为考大学差了四分才来当兵的,但是,作为侦察班长,黄穆的聪明才智高于其他班的班长,这一点我相信。我奇怪的是,他不仅当过瞄准手,当过文书,还当过炊事班长,这是个什么人哪,有点儿神秘哦。

不知道为什么,自从我背上了指导员的手枪,好像大家都有点儿疏远我,好像我身上有传染病似的。我不是太懂什么叫"自我",但是我能联想到"自以为是""自命不凡""自高自大"等不好的词语。

我自以为是吗?我不觉得,我觉得我挺谦虚的。我自命不凡吗?可能有一点儿,因为我是海燕啊,"这是勇敢的海燕,在怒吼的大海上,在闪电中间,高傲地飞翔;这是胜利的预言家在叫喊——让暴风雨来得更猛烈些吧"!

有一次姚强跟我说,杜二三,你老是背着指导员的手枪干啥,你应该把手枪还给指导员。

我说,我为什么要把手枪还给指导员?只要他不要,我就一直背着。

姚强说,我们班长说了,杜二三这小子牛皮烘烘的,早晚会出事。

我从鼻孔里哼了一声说,黄穆,他以为他是谁啊,好像他是连长指导员似的。我出什么事啊?我出事也不关他的事。

姚强吃惊地看着我,半天才说,杜二三,你还是把手枪还给指导员吧,你这么嚣张,没准儿要吃亏。

我当然不会听姚强的,把指导员的手枪背在身上,我感觉我的胆子大多了,我是不会把它还给指导员的,能多背一天算一天,除非指导员把它要回去。

五

推进,推进,我们得到的信息是,直到南北南当局从北纬乙撤兵为止。连续一个星期,步兵在前面打,我们在后面跟随,前几天,有些仗需要配合,后面几天,基本上都是备用。听老兵说,自从澜溪长形高地战斗之后,步兵404团七连就伴随我们,若即若离,如影随形,常常是我们在明处,他们在暗处。老兵说,我们连队有可能会被授予称号,404团七连也可能会被授予称号。

好像是离开瞽山的第六天的中午,我们被堵在一段十分崎岖的山路上。

转战山岳丛林,风一阵雨一阵,热一阵冷一阵,我的身上长了很多湿疹,两个大腿内侧好像贴上了对联,走路的时候,老是觉得有纸张摩擦的声音。

在孟楠打了一仗之后,部队在一座县城边上休整,因为有步兵警戒,连队给我们两个小时时间,处理个人卫生。十多天了,从来没有换过衣服,没有洗过澡,连脸都很少洗,我非常想跳到河里洗个澡。跟排长说了,排长说不行,以山根这棵树为圆心,活动半径不得超过五十米。

排长离开后,冯叶仰着下巴说,不让到河边去,那我们就到山上日光浴。

新兵们不懂什么叫日光浴,跟冯叶到了山坡,只见他把上衣脱了,又把裤子脱了,接着连背心和短裤也脱了,我的天哪……冯叶说,脱吧,让那些不见天日的地方见见太阳,他妈的,可以撕掉一层皮……

黄穆没有跟我们一起脱光衣服,他提着三个军用水壶,走到离我们大约十米的地方,背对着我们,把上衣和裤子脱了,挂在树枝上,挡住我们的视线。

我问冯叶,黄班长干什么?

冯叶向那边看看说,洗屁股,洗裤裆。

我说,这么讲究啊,我们都是男人。

冯叶从大腿根处慢慢地扯掉一层紫色的痂皮,笑笑说,这个人,清高得很。

我讨厌黄穆,不仅因为他傲慢,经常居高临下地训我,还有一个深层次的原因——新兵下班的时候,我们十几个新兵排成一排,由班长们挑选牲口一样挑来选去。我非常想进侦察班,可是黄穆这家伙,根本没把我放在眼里。到了分兵的关键时刻,他从我面前过的时候,看都没看我一眼,而是直接走到姚强的面前,假模假式问了姚强几个问题,然后拍拍姚强的肩膀说,小伙子,愿意到侦察班吗?姚强胸脯一挺说,愿意。那一刻,我对黄穆充满了不满,也包括对姚强。

但是我不敢对黄穆翘鼻孔,毕竟,他是老兵,是侦察班长,没准儿哪天还会管着我们无线班。虽然我开口闭口黄班长地喊,但在心里,我却暗暗地使了一股劲,加油啊,最好能遇上一场恶战,要么在战斗中光荣牺牲,要么立个大功活着,争取在黄穆当上指挥排长之前当上连长——当然,这只是痴心妄想,我一个入伍不到两个月的新兵,离连长的位置还有万水千山。

那天夜里,又打了一仗,是404团七连打的,我们炮团只是在火线靠后的地方实施了一阵压制射击。

黎明时分,战斗结束了。太阳照在丛林里,硝烟在挂着露水的枝头上缭绕。

在步兵搜山的那个上午,我们连队留下来待命。指挥排无事可做,排长让黄穆和冯叶给本排三个新兵突击补一下战地知识,就在临时休整村落后面的山根下。那个村庄叫茶棚。

黄穆拿着一张地图,打开指北针,先给我们讲子午线、地理坐标系和平面直角坐标系的关系,然后讲定点——确定站立点和目标点。

黄穆说,战争的所有的学问,一个是空间,一个是时间,或者说,一个是位置,一个是速度,包括部队和弹丸在内,在指定的时间内到达指定的位置,即可达到战斗的目的。所以说,定点很重要。

然后他就定点的要领开讲,目测法、截线法、后方交会法、磁方位角交会法……

我对定点这门学问非常有兴趣,尽管我不喜欢黄穆,但是我不得不承认,黄穆讲课还是像模像样的,他站在草地上,两条长腿略微分开,仰着下巴,好像在眺望远处的山根和水网稻田,侃侃而谈。好像他不再是一个班长,至少也是一个团长,胸有成竹,指点江山。

我很快就记住了地图上的各种标注符号,譬如森林、河流、道路、桥梁……还有子午线。一年之后,我仍然记得那次上课的情景,并且悟出了定点和定位同人生目标的联系。

事实上,这门课学得最好的不是我,也不是姚强,而是曹侗壮,因为有线兵野外作业多,识图用图要求高。曹侗壮不怎么说话,看起来有点木讷,实际上是很聪明的。那天我观察他的裤腿,并没有绑沙袋,他不像他的师傅那样死板。

搜山战斗很快就结束了,步兵抓了几个俘虏,捆成一串从我们所在的山根下路过。

黄穆停下授课,带头围观,我们也凑到近处看稀奇,我们还没有见过俘虏呢。

俘虏中,有个女的,上面穿一件黄色的军装,下身是一条肥大的黑裤子。她的双手反绑在身后,眼上蒙着黑布,从她的步伐上看,应该很年轻。因为她的皮肤很白,我又怀疑她不是南方人。她好像不大在乎,嘴角还挂着微笑,我注意到她的下巴很丰满。

在他们走近我们的阵地时,一件出人意料的事情发生了。不知道从哪里冲出一个老兵,直奔俘虏,揪住了其中的一个,拳打脚踢,边打边骂,甚至带着哭腔——你这个敌人,你这个忘恩负义的家伙,你这个魔鬼——我要报仇,我要……他一边声讨,一边拼命地往那个俘虏身上脸上报以老拳,那种巨大的仇恨和愤怒让我们面面相觑。

我认出来了,那是六班的一个老兵,叫李刚,过去我在新兵班没少受他训斥,他甚至想用他的旧胶鞋换我的新胶鞋,被我婉言谢绝了。这个人给我的印象不太好。

在李刚十分有力的打击下,俘虏的鼻孔和嘴角都渗出了液体。几个新兵——我、姚强和曹侗壮都看不下去了,黄穆上前说,李刚,你干什么?虐待俘虏是违反纪律的。

李刚说,违反纪律,可我打的是敌人,敌人啊……

黄穆说,他已经放下武器了,失去了战斗力。你这样做很不体面。

李刚茫然地看着黄穆说,体面?体面是什么东西?你闪开,我要报仇,我要替死难的战友报仇。

一个步兵干部闻讯而来,看着李刚,鄙夷地说,你他妈的要报仇,昨天夜里你干什么去了,你怎么不掂根枪到阵地上去?他的手都被捆住了,你还在他面前耍什么威风?你要是把他打死了我怎么交待?走——开!

李刚不解地看着步兵干部,又看看黄穆,扭曲的脸上仍然喷射着愤怒的火焰,嘴里喃喃地嘟囔:敌人——你们包庇敌人,难道……阶级敌人……不应该吗……

步兵干部说：报仇？我跟你讲，这家伙是特工队长，我把他放了，给他一杆枪，你敢不敢跟他比试一下拼刺刀？

李刚顿时脸色苍白，嘴巴嚅动了两下，终于没有再争辩下去。

步兵干部看看我们几个问，你们这里谁负责？

黄穆往前一步说，我……临时负责。

步兵干部说，这个同志——他指了指李刚——要教育，要让他学会尊重自己。

黄穆立正，煞有介事地回答，是，要教育，我向连长报告，关他禁闭。

步兵干部吃惊地说，关禁闭？那倒不至于吧，教育教育就是了……步兵干部正讲着话，突然意识到了什么，问黄穆，你们是哪一部分的？

黄穆咧嘴一笑说，我们是近战澜溪高地，大炮上刺刀那一部分的。

步兵干部像吃了一惊，啊，炮团九连啊，我们可是生死之交啊，我是404团七连的，副连长乔雨川。

黄穆好像也有点吃惊，"咔嚓"敬了一个礼说，乔副连长好，听说过你的事迹，神枪手，孤胆英雄……

乔雨川摆摆手说，哪里哪里，徒有虚名……

说着,他又看看一旁呆立的李刚说,不好意思啊,不知道你是九连的,说话说重了,别往心里去啊兄弟。

李刚的脸铁板一块,瞪着乔雨川,从鼻子里哼了一声,什么话也不说,昂首挺胸地走了。

乔副连长尴尬地笑笑说,你看,你看这事闹的,谁知道你们是炮团九连的呢,我这也是……打仗打得一身火气。

黄穆说,没什么,老李这个人,他就是爱冲动。他做得确实不对。

乔副连长说,都是啊,我们都是臭脾气。

黄穆说,前面几仗,我们九连都是配合404团七连,怎么样,我们还行吧?

乔雨川说,请你转告九连的首长,你们不是一般地行,你们是大大地行,比行还行。跟你们并肩作战,我们七连更有底气。

黄穆说,我代表我们连首长,谢谢乔副连长和步兵老大哥的信任。

乔雨川带领他的手下离开后,黄穆追上李刚,拍拍他的肩膀,阴阳怪气地笑笑说,伙计,这回你可把脸丢大了,让人家笑话我们炮兵只会打俘虏。

李刚一脸僵硬的表情,愤怒地看着黄穆,嘴巴动了动,半天才说，你……你们都是一丘之貉，为什么包庇敌人？

黄穆脸一板说，什么敌人？我是优待俘虏。

李刚说，俘虏，俘虏就不是敌人了吗？

黄穆说，放下武器了，就不应该再打人家了。

李刚说，你能保证，他们抓住我们的人，就不打了吗？

黄穆愣住了，愣了一会儿说，你抬什么杠啊，我跟你讲，我不管他们怎么做，我们不能不体面，战争是有规则的。

李刚不依不饶地说，你没有回答我的问题。

黄穆说，我没有义务回答你的问题。

后来听冯叶说，那天下午李刚告了黄穆一状，说黄穆包庇敌人。指导员问明原委，对李刚说，黄穆制止你是对的，我们是文明之师，不能调戏妇女，也不能打俘虏。

我问冯叶，黄班长说李刚的行为很不体面，为什么这么说？

冯叶眯眼想了想说，啊，不体面？那个人，爱转文……他可能讲的是风度吧。俘虏是弱势群体，欺负弱势群体，当然是……是……不道德的。

我有点儿疑惑，我说，冯老兵，你这样说我也不太同意，俘虏怎么是弱势群体呢，他是敌人啊，他确实在跟我们战斗，没准儿他的手上……

冯叶不高兴地看着我说,你怎么回事,你替李刚叫屈吗?我跟你讲,俘虏是敌人不错,在战场上他是敌人,被俘虏了他就是俘虏,在战场上你可以一枪毙了他,当了俘虏你再打他,是违反……违反,国际上有个公约……叫什么来着?

我说,《日内瓦公约》。

冯叶惊讶地问我,你还知道这个?

我得意地说,我当然知道,要不是因为化学只考了七分,我就到北京上大学了。

冯叶说,很好,敌人和俘虏是两回事,敌人不一定都是坏人,亲人不一定都是……说到这里,冯叶停住了,我期待他的下文,但他不说了,只是说,明白了吧,杜二三?

我说,明白了。

其实是半明不白。我觉得冯叶的思想有问题。

六

两天以后,部队集结在苍皋东北方,我们炮兵紧随而上,据说要打一次大仗。

走着走着,过了一个山根,又被堵上了,前面挤得一锅粥。听说公路被敌人炸得断断续续,工兵正在抢修。车上的人多数下车聊天,老兵们抽着烟骂着娘,骂该死的公路。

我没有抽烟也没有骂娘,我在看天,担心这会儿下雨。

天高云淡,没有下雨的样子。

忽然,我看见两个人从车队后方匆匆走来,走近了,前面那个人是曾经在师部指挥所见到的女兵,还背着手枪,原来是个女军官。

我连想都没想,回到车上喊冯叶,冯叶跳下车,高兴地迎着来人说,丛蓉,丛蓉,你怎么来了?

那个被称作丛蓉的女兵说,跟你一样啊,被堵住了,怎么,你们连队……她四处张望了一阵,好像在找一件重要的东西。

冯叶见我还在傻站着,对我招招手说,杜二三,去,把侦察班长叫来。

我转身就往车队前面跑,跑到车下朝上面喊,侦察班长,冯老兵让你到后面去一下。

黄穆坐在大厢板上,正在跟吴曾路掰手腕,头也不抬地说,冯叶找我?什么事啊?

我说,他女朋友来了,一个女兵。

车上的五六个人一起看我,又看着黄穆。

黄穆也愣住了,松开吴曾路,嘴里嘟囔一声,丛蓉?她怎么来了?

黄穆跳下车子,往车队尾部大步流星走去,我跟上去,黄穆扭头问我,你怎么知道是冯叶的女朋友?

我说,啊,我见过她,在师指挥所,她和冯老兵很亲热。

黄穆说,岂有此理,那就是女朋友了?新兵蛋子,说话没个深浅。

我不说话了,想想好像是那么回事,我说话确实没个深浅。

这一回,我没有靠近,在离他们还有十几米的地方停下步子,给他们站岗。我也想听听他们说话。

黄穆最后几步走得很快,走到丛蓉面前,丛蓉迎上来,展开双臂,黄穆也展开双臂,接住了丛蓉的双臂,但是他们并没有拥抱在一起,大约觉得这个地方不合适。

黄穆说,你怎么到这里来了,还可以放电影吗?听说宣传队的女兵都到师医院了。

丛蓉说,电影暂时放不成,我现在是护送组长,护送伤员到后方医院,刚刚返回,被堵在这里。

黄穆说,哦,护送伤员也很危险,你们的车……他往后看了一眼说,你们的车上有红十字标志吗?

丛蓉说,没有,我们车上只有伪装网。

黄穆说,你应该向上面建议,车头应该挂一面白底红十字旗帜,这样,会受到保护。

一旁的冯叶说,万万不可,不要以为哪里都会遵守公约,战争,没有公约可言。

黄穆说,啊,那也应该有公约意识,战争是残酷的,但是……总得有人守规则。

丛蓉说,嘿,你们两个,还是那么爱抬杠啊,别抬杠了,我听说,很快就要结束了,你们可得保重啊,回去咱们还要组织宣传队呢。

冯叶说,丛蓉,照相机带来没有?咱们留个合影,没准儿以后就没有机会聚在一起了。

黄穆看了冯叶一眼说,看这话说的。

丛蓉倒是没在意,兴冲冲说,是啊,是该留个合影,照相机带了,在车上,我去拿。

丛蓉说完,就往回走。我也很高兴,估计可以沾光,留一张战地英姿,我的屁股后面,还有一把手枪啊。我琢磨要不要把手枪取出来,拿在手上,或者插在前面的腰带里。

远远地看见丛蓉过来了,我琢磨用什么办法才能引起她的注意,瞅瞅路边,看见山坡石坎上挂着一丛金银花,我灵机一动,折了几根树藤,编了一个花环,插上几朵金银花,有白的也有黄的,香气扑鼻。

丛蓉回来了,脸上汗涔涔的,后面还跟着一个女兵和一个男兵。女兵的手里拿着照相机。然后就照相,先是他们三个人照了一张合影,接着丛蓉分别和黄穆、冯叶合影。

机不可失,我觉得差不多了,举着花环,准备靠近他们,但是因为心慌,一时没有找到合适的话说,所以步子就迈得迟疑。倒是丛蓉,看见我手里的花环,眼睛一亮说,啊,好漂亮的花圈,是送给我的吗?

我一下子愣住了,捧着花环呆在原地。黄穆和冯叶一起看着我,冯叶冲我吼了一声,你凑什么热闹,回到你的车上去!

丛蓉似乎意识到什么,表情僵住了,好大一会儿才苦笑说,怎么啦,是不是我说了什么不得体的话……没有必要当真吧,小伙子,把你手上的……

我马上接上去说,这不是花环,这是伪装帽……我,还是自己留着吧。

丛蓉说,可别啊,本来没有什么,你留下来,还真的在心里有了什么,把它给我,我戴上照张相。

丛蓉说着,不由分说,走到我面前,接过花环,戴在头上,招呼那个女兵,罗霞,来,给我照一张单人照。

说完,往前走了两步,摆好姿势,仰起下巴,还把手枪从枪套里取出来,擎在手上,显得英姿飒爽。

那个叫罗霞的女兵摆弄了一会儿,按下了快门。

丛蓉收起手枪,看看我说,小伙子,面熟啊,我们见过面吧?

我说,是的,那次在师指挥所。

丛蓉说,想起来了,来,你也来照张相。

我心里一喜,犹豫着,看着黄穆和冯叶的脸色。冯叶说,照吧,你小子运气真好。

我鼓足勇气,走到丛蓉的面前,指着花环说,把它还给我吧,我还留着打仗用呢,这是我的伪装帽。

丛蓉笑呵呵地看着我说,还给你?你要的不是这个东西吧,还是我留着……这花真香。

路终于疏通了,车队继续前行,我赶紧爬上车,回头向后看,看见丛蓉和她的两个兵已经快到他们的车前了,丛蓉走路的样子很好看,标准的齐步,前脚掌着地,但是脚板离地面稍微高一些,显得轻松轻盈。背在身后的红色手枪套,在阳光下闪烁,还有她头上的花环。

我不知道这是什么地方,但此后我就记住了这个地方,我把它命名为金银坡,就在这里,我照了进入战区的第一张相。

为了疏通拥堵,我们连队有两辆车被推到稻田里,人员重新编组乘车,冯叶带领我,黄穆带着姚强,乘坐同一辆炮车。

路上我一直在想——我没法不想,丛蓉,那个背着手枪的女兵,她同冯叶、同黄穆是什么关系。我总觉得他们的关系非同寻常,既不是我想象的恋爱关系,也不是普通的战友关系,而且,好像她同黄穆的关系更近一点。

有那么一阵子,我总觉得那天不是个好天,尽管阳光明媚,可是,似乎从哪里飘来一片乌云,压在我的心上,那是什么呢,说不清楚。我甚至感觉,冯叶和黄穆的心里,都有一片乌云。

走了一段,路更差了。我站在车厢最前端,紧贴着驾驶楼。路过一段峡谷的时候,带车干部从驾驶楼伸出头来高喊,这一段可能有埋伏,做好战斗准备,一旦打响,快速通过。

说完又补充一句,一般情况,不会停车。大家听清楚了?

车上的空气顿时紧张起来,有枪的纷纷安上弹匣。我却莫名地兴奋起来,盼望着真的出现敌情,那样的话,我的手枪就派上用场了。

姚强也在前面,坐在我腿杆边,缩成一团,他大约以为把头缩起来就安全了。我踢踢他说,站起来,别像缩头乌龟似的,真的有情况,木板是挡不住子弹的。

姚强没吭气,也没有站起来,只是抬起头,阴沉沉地看着我,只看了一下,眼神就凶狠起来。趁车子颠簸,故意用枪托捣了我一下。

黄穆对冯叶说,老冯,你这个兵真不省心啊,让他老实点儿。

冯叶不买黄穆的账,眼皮一翻说,我有什么资格管他啊,我又不是排长。

我虽然没有反抗,心里还是嘀咕了一句,是啊,你又不是排长,你凭什么管我啊。

我想起那个名叫丛蓉的女兵,依我目测,丛蓉的年龄应该比黄穆小,两个人好像很亲密,但是她不可能也不应该是黄穆的朋友,她是军官,背着手枪。黄穆算什么,没准儿打完仗,就卷铺盖复员了。

那段路实在太差了,公路不像公路,土路不像土路,路面坑坑洼洼。前面的汽车卷起阵阵黄尘,迎面扑来,好像我们每个人都是从沙堆里刚刚钻出来。

虽然尘土弥漫,我还是眯缝起眼睛,兴奋地东张西望。再往前走,想象着随时出现的遭遇战,脑子里涌现出很多画面,特别是孤胆英雄杨子荣智斗座山雕的场面——

脸红什么?

精神焕发。

怎么又黄啦?

防冷涂的蜡……

恍惚中,我看见杨子荣举起手枪,一枪将威虎厅里的油灯打灭……就在这时候,悲剧发生了,车子猛地一颠,我猝不及防,手上一松,正挥舞着的手枪脱手而出,落入驾驶楼和大厢板之间的缝隙。等我明白大事不好,卡车已经咆哮着驶出十米开外,我高声叫起来了,停车,停车!

没有人理睬我,炮班的几个老兵都闭着眼睛,假装不明白发生了什么事情。

卡车仍在咆哮,颠簸着前行。我横下一条心,二话不说,翻身越过大厢板,跳了下去,一头扎进翻滚的尘土里,摔了一跤,爬起来后没命地向来路奔去。

手枪啊手枪,指导员的手枪,我要是把它丢了,就算不枪毙我,可是我在连队还怎么混呢?

那个时候,我真的是不顾一切了,穿过滚滚黄沙,连滚带爬往回奔跑了三十多步,终于在一个乱石堆里找到了手枪。等我直起腰来,车子已经开出去一百多米了。我跑啊跑啊,感觉我就像一头豹子那样凌空飞翔,可是,我跑得再快,也跑不过汽车啊!

这个时候,我真的产生了恐惧,我知道这是一段狭长的峡谷,是最方便打伏击的地段,而我们那辆卡车,是整个车队的最后一辆,虽然后面还有车队,可是还有一段距离,而在这十几分钟里……不,也许只需要几分钟,甚至一分钟,如果敌人的小分队从树林里出现,那我只能……那我就真的"马革裹尸"了。

我"咔嚓"一下把子弹推上膛,我不知道枪口应该对准前方还是后方,我的脑子一片空白,只有一个声音在心里咆哮,快跑,跑不动也要跑,累死也不能停下……这个时候,我忘记了海燕,忘记了海鸥,忘记了海鸭,我只想成为腾云驾雾的孙悟空。

就在我快要绝望的时候,我发现两百米外的卡车屁股耸了两下,放慢了速度,接着从车上跳下来几个人,迎面向我扑过来,直到面对面了,我才看清楚,是黄穆、冯叶和姚强,他们二话不说,架起我,连滚带爬,追上了忽左忽右的卡车。

回到车上,我惊魂未定,把手枪装进枪套,死死地抱在怀里。

黄穆坐在我对面,盯着我怀里的手枪说,杜二三同志,还不接受教训啊,把手枪交给冯叶。

我的两只胳膊抱得更紧了,我说,不,你没有这个权力。

冯叶说,让他背着吧,再丢了,我们就不管他了,让他留在这里打游击。

黄穆想发作,终于没有,向我冷笑一声,再也不理我了。

以后冯叶跟我讲,因为尘土飞扬,我跳下车子的时候,车上的人并没有看见,忽然听见姚强拖着哭腔喊,杜二三,杜二三不见了。

一个老兵说,怎么会呢,刚才还在这儿举着手枪,八路军似的,怎么转眼之间就不见了?

黄穆问姚强,你是什么时候发现他不见的?

姚强说,没多久,过路口的时候他还踢了我一脚。

那个老兵说,这小子不会带枪投降吧?

黄穆冲到前面捶驾驶楼,大声嚷嚷说,无线班的杜二三不见了,赶快停车。

带车干部从驾驶楼里探出半个身子,大声问,什么时候发现的,现在回头找也来不及啊。

姚强挤到前面说,我向毛主席保证,杜二三刚刚不见的,好像他的东西掉下车了。

带车干部问黄穆怎么办,黄穆说,我和冯叶下去找人,你们继续前进。

带车干部说,那不行,把你们单独留下来,太危险了。

还是那个老兵说,不能停车,都停下等,更危险。

带车干部犹豫了一下,对黄穆说,好,车子可以开慢一点儿……

又回过头对司机说,老侯,老侯,放慢速度,走"之"字形……谁跟黄班长去找人?

老兵们都不吭气,黄穆向冯叶和姚强一挥手说,我们指挥排的下去……

听完冯叶的介绍,我才知道事情的经过,我从心里感激冯叶和姚强,也包括黄穆。

冯叶说,把手枪还给指导员吧,这该死的手枪早晚会给你带来坏运气。

我口是心非地说,好的。

七

我们在南北南地区进行了一次间瞄射击,是攻打景旺,这一次我们连队被编入炮兵群,本连前进观察所的人员有连长、指挥排长、侦察班长等,姚强也跟着黄穆去了。

什么是间瞄呢?就是间接瞄准射击,弹道呈抛物线,象棋规则里面有炮打隔子,就是这个意思。阵地在后方,是睁眼瞎,要靠前进观察所下达射击诸元。我们八五加农炮,最大射程是一万五千六百五十米,想想都激动,十五公里还要多,弹道要在空中飞行十几秒钟甚至几十秒钟,穿过云层,扑哧一下落到地面,落地开花。我们在阵地上根本听不到声音。想想那些画面,就像无声电影。

前进观察所是上午出发的,到了中午,炮班就陆续占领阵地了。

指挥排其余人员都在阵地上,由我们班长程于俊负责,帮助炮班运送炮弹。

看样子,要打一场大仗。

一发炮弹二十公斤,一箱两发。我们新兵只能两个人抬,老兵就不一样了,一人扛一箱。特别是吴曾路,扛着炮弹箱,跑得飞快,别人运两趟,他可以运三趟。

我和冯叶两个人抬一箱,我说吴老兵真厉害,干活一点不惜力气。冯叶无精打采地说,那是啊,咱们吃馒头,二两的馒头最多吃三个,他能吃八个,八个啊,半脸盆。

我说,冯老兵你怎么老糟践吴老兵啊,他能吃,可是也能干。

冯叶说,那是啊,知道吗,他家那地方是盐碱地,穷得不得了。他想提干,要不就当志愿兵。要是复员回家了,恐怕还没有饭吃。

我说,哦,难怪。

冯叶哼了一声说,门都没有,别说提干,就是志愿兵也轮不到他。

我说,为什么,他工作那么积极,打仗不怕死,那次在礌山,还跟你并肩战斗……

冯叶说,嘿嘿,那也不行。他没有文化,连初中都没读完,还不会讲话,闷驴似的。不过,看运气吧,万一他运气好呢……哎哟,放下来歇歇,我这腰啊……

我只好停住步子,配合冯叶把炮弹箱放下。我说,冯老兵,你总说运气,难道你还信这?

冯叶捶着腰,一副德高望重的样子,笑了笑,我就相信运气。你看你小子,第一仗就立了三等功,你给我说说,你凭什么立三等功?

我说,那也不是我自己封的啊,那是连队报的,还有团里批准的啊。

冯叶斜着眼看我,很不屑的样子说,连队报的?连队为什么要报你,团里为什么批准,还不是你运气好。

我生气了,我说,那我就没话说了,你为什么运气那么差,你还……郑副师长还指挥你指挥全连呢。

冯叶说,所以说啊,还是运气,运气啊运气,他妈的运气……走吧,抬起来,这该死的炮弹,比猪还重。

休息的时候,我还是没有忍住,问冯叶,那个丛蓉,她到底是黄穆的女朋友,还是你的女朋友?

说这话的时候,我仿佛看见,山下的公路上,一辆车头竖着红十字旗、浑身挂满伪装网的汽车,在绿色的水网稻田中间行驶,远处的山峦和天上的白云缓缓后退……

冯叶扭过脸,看得我直发毛。冯叶说,什么女朋友?我们是宣传队的战友。打仗前两个月,宣传队解散,我们各回各的部队,我搞我的无线电,他搞他的测距仪,丛蓉护送伤员。就这么回事,我们那个宣传队是业余的,明白?

我说,丛蓉,她是干部啊。

冯叶说,是的,打仗前才提的,师放映队的队长。

我说,那你们……你和黄班长……

冯叶说,运气啊,运气。不过,丛蓉确实很出色,当年我们三个一起到部队,其实他们两个都考上大学了,黄穆自学了四门外语,但是……

我说,可是你还说,要把你的姐姐介绍给我认识,你还有个十几岁的小妹妹,她们都……黄穆和丛蓉的家里还有亲人吗?

冯叶不说了,看着远处。

我不再问了,我觉得他们——黄穆、冯叶和丛蓉,他们之间,他们的身上有很多秘密。早晚,我会知道的。

扛了一下午炮弹,又来了一道命令,让阵地派几个人给观察所送饭,指导员指定了三个人,吴曾路、曹佃壮和我,吴曾路负责。

送饭当然没有话说,可是一看要送的东西,我傻眼了,有两桶米饭,两桶馒头,一桶稀饭,一铝盆咸菜,居然还有一个保温桶,里面装着开水。我说,班长,有稀饭了,干吗还要带上开水啊?

吴曾路说,用得着,用得着。

我看看曹侗壮,曹侗壮看看我。我寻思,这一趟非把我们两个新兵累趴下不可。

出发之前,吴曾路进行分工,两桶米饭、一个保温桶和咸菜为一担,由他自己挑。两桶馒头和一桶稀饭由曹侗壮挑。我干什么呢,吴曾路把三支冲锋枪交给我——因为观察所的人员多数只有手枪,所以特意让我们带上三支冲锋枪。

吴曾路说,小杜你少背点,负责警戒。

我说好。我对吴曾路顿时肃然起敬,这个被冯叶称为"闷驴"的人,居然也知道我是战斗骨干,知人善任,我一个人就是一支部队。

我问吴曾路,班长,带个电话机干什么?还嫌东西少啊!

吴曾路说,用得着,用得着。

走了不到一公里,我就知道轻重了,吴曾路就像一个骆驼,他身上承载的重量将近五十公斤,居然能够如履平地,红红的脸膛上始终挂着浅浅的微笑,我估计他实际上已经笑不出来了,但是当他回头看我们的时候,他仍然是满面春风。

曹侗壮的担子比他轻多了,最多也就是他的一半,就这已经上气不接下气,好像随时都会瘫倒在路边。

我呢,我本来以为我是最轻松的,可是渐渐地就发现,没有一个人是轻松的,我就像一个军火运输队,浑身披挂着枪弹,三支冲锋枪、九个弹匣、六个手榴弹、一支手枪……总共也有六七十斤。上山的时候,两条腿像绑上了铅块,每挪动一米都要使出吃奶的力气。

我想,那应该算奇迹吧,记不得是在什么地方,一个山坡上,有一片毛竹,可能是步兵留下的杰作,毛竹被齐刷刷地扳倒,像被压路机轧过似的,竹片就像地板一样平滑,从山坡铺到山下。我们不用挑着担子走了,而是躺下来,身上的物件和身体一起沿着竹片地板往下哧溜。

张开双臂,感觉就像飞翔,蓝天在头顶移动,白云在身边移动,大地在身下移动。"海燕叫喊着,飞翔着,像黑色的闪电,箭一般地穿过乌云,翅膀掠起波浪的飞沫。"

飞啊飞,飞过了劳累,飞过了恐惧,飞过了饥饿,飞到了梦中的观察所……这个过程不知道持续了多久,可能有一个世纪。

后来我问曹侗壮,那天你飞了吗?

曹侗壮瞪着一双懵懂的眼睛反问我,你是不是发烧了?

我说,在我们送饭的路上,我们飞了一段,我们像溜冰一样从山坡飞到山下,那一段路,我们是飞过去的。

曹侗壮说,看来你是累的,做梦啊。从头到尾,我们靠的都是双脚。

从梦中回到现实,真累啊,那又是一个我最不怕死的时刻——生不如死,累得不想活了。那个时候,如果让我选择是活着还是死去,我可能会选择无所谓——不管我活着,还是我死去,我都是一只,快乐的牛虻——只要能睡上一觉。

我太佩服吴曾路了,不仅佩服他力气大,更佩服的是他的脸上不见一丝痛苦。

不知道翻了几座山,走了多少路,好歹总算快到指挥所了,就在这时候,前方传来密集的枪声。吴曾路让我们放下担子,休息一会儿,他自己跑到路边,东看看西看看,好像找什么东西。我问曹侗壮,他要干什么?

曹恫壮也是一脸懵懂。

大约过了五分钟,吴曾路在离我们十几步的地方,弯下腰,从草丛里扯出一把草——我们看清了,不是草,而是几根黑色的胶皮电线。他从身上掏出小钳子,小心翼翼地割开一根电线,把身上的电话单机连上,啥也不说,只说,喂喂,喂……吴曾路对着话筒说了一阵,换一根电线,再连上,如此三番五次,终于直起腰来,对我们说,观察所被袭击了,转移了,我们得重新找路。

我的天哪,我一屁股跌在地上,我说我不走了,打死我吧,打死我我也不走了。

吴曾路没有理我,对曹恫壮说,走。

曹恫壮看看我,挤挤眼,从我身边拿起一支冲锋枪放在他的担子上,跟着吴曾路,像一条瘸腿的驴,一拐一拐地往前走。

我在地上赖了不到三分钟,捡起一堆枪支弹药披挂在身上,跟跟跄跄追了上去。曹恫壮的负担那么重了,我怎么忍心让他帮我拿枪啊?我把那支冲锋枪又从他的担子上拿了过来,背在自己的身上,这根稻草把我压坏了,但是我咬紧牙关,看看吴曾路和曹恫壮,我没有理由趴下。

天擦黑的时候,我们找到了观察所——准确地说,我是听到尚斌副政委的声音,才知道我们找到了观察所。尚副政委站在一个高坡上,朝树林里喊,同志们,九连的同志送饭来了,大家过来喝稀饭。

一个干部说,还带来了三支冲锋枪。

我和曹侗壮瘫倒在地上,半靠在树干上,看见观察所的几十号人拿着口缸,兴高采烈地盛饭打菜。

没想到在这里还见到了郑副师长,他走过我们身边的时候,蹲下来摸摸我的脑袋,笑呵呵地说,啊,我认识你啊小伙子,我们是老战友了。

我的眼泪都快出来了,郑副师长居然说我和他是老战友。

郑副师长说,这几个傻小子,还送了开水,就差送酒了。

大家吃喝的当口,我看见姚强了,他端着口缸走到我和曹侗壮的跟前,我发现他的皮肤还是那么白净。

我说,姚强,敌人偷袭的时候,你在哪里?

姚强愣了一下说,我在观察所啊,他妈的太吓人了,那些人就像从地里蹦出来的,忽然就是一阵扫射,把谭副营长的下巴都打掉了。我们排长,胳膊被打断了。

我盯着他问,你手里有枪,你开枪了吗?

姚强说,我开了,但是我只打了一梭子,枪就被班长抢走了。

我说,哦,又被他抢走了,黄穆,他……没"筛糠"吧?

姚强说,那是啊,他一边打还一边跳,从这块石头后面跳到那块石头后面,吸引敌人的火力,掩护首长。

我说,他一定学过单兵战术。

姚强说,我跟你讲,我们班长,他可真是好样的,你往后要尊重我们班长。

我说,我怎么不尊重他了?我非常尊重他,可是他从来不把我放在眼里。

姚强说,不是,我们班长说,杜二三这小子很聪明,就是表现欲强,讨厌。

我心里咯噔一下,我说,啊,他是这么看我的,那我得注意了。

姚强又说,排长负伤下去之后,郑副师长当场指定我们班长代理排长,这次战斗,我们连队的射击诸元,就由我们班长决定。

这天夜里,就在山上露营。山岳丛林的夜晚真冷啊,我和姚强、曹侗壮,指挥排的三个新兵第一次聚在一起,背靠背钻进草丛里,冻得瑟瑟发抖。

后来黄穆过来了,扔给我们一件大衣,我们三个人每人扯一块盖在身上。前半夜自然睡不着,探出脑袋,仰望星空,感觉有很多思想,我又想到了澜溪战斗,那只似是而非的手,还有我那灵光一现的可耻念头。

身下是山岳丛林潮湿的土地,这土地连着遥远的地方,包括我们的家乡。身边这两个年轻的伙伴,是此刻距离我最近的亲人。曹侗壮,这个不哼不哈的小伙子,明显成熟了,前往观察所的路上,他没有一丝恐惧和退缩的表现,他比我强。姚强呢,他在观察所,经历了一场偷袭战,我感觉,他的小白脸上的表情,要比过去从容多了。

这个夜晚,我的思想发生了变化,特别是对黄穆,我想,黄穆不喜欢我,一定是我的问题,我确实有"自我"的毛病。

我问姚强,知道你们班长的历史吗?

姚强说,什么历史?

我说了我先后两次见到丛蓉的经过,姚强说,那个我知道,我们班长是唐山地震幸存的孤儿,冯叶和你讲的那个女兵也是,地震的时候,他们正在少年宫的一个广场上排练节目,躲过了一场……

哦,原来是这样,后来呢?

后来,我们部队去抢险救灾,就在少年宫广场搭帐篷,他们三个人跟部队宣传队吃住一起,当编外演员。后来部队返回驻地,他们也跟着来了,终于当兵了。

我说,你知道吗?你们班长还当过炊事班长。

姚强说,知道,宣传队的炊事班,连他只有两个人。他和冯老兵的实力一直在炮团。我听副班长说,出发之前,本来师里要提拔班长当文化干事,我们班长说,我必须回到我的连队,回到我的侦察班,当一回真正的侦察班长,然后才考虑其他的事情。

我惊愕地问,还有这样的事,你不是在吹捧你们班长吧?

姚强说,信不信由你,不过你很快就会知道,我们班长,他……他不是一般的班长。

我沉默了。

黑暗中,我回到了苍皋东北方那段拥挤的路面,那天的太阳很亮,漫无边际的水网稻田波光粼粼,一辆披挂伪装网的军车穿行在绿色和银色之间,车头上的白底红字红十字旗迎风招展,突然一块瓦片从空中落下,将十字旗切开,染着红色的白色布片在稻田上方飞舞……

我惊出一身冷汗,半天才明白这是一场梦。我突然想到了那个问题,丛蓉,自从我见到她之后,就算认识她了,我和她之间也有了联系,假如下次我们在别的地方见面,她也会把我当作相依为命的战友,就像同黄穆和冯叶一样。只不过,我不知道她的车头是否挂上了白底红字十字旗,更拿不准,挂上这面旗帜是凶是吉。还有我那该死的、自以为是的金银花伪装帽……

身边传来呼噜声,是曹侗壮,在曹侗壮的催眠术一般的呼噜声中,我听见我也发出了呼噜声。

不知道睡了多久,我被一阵嘈杂的声音震醒,睁开眼睛,看见不远处的山坳里灯光闪烁,郑副师长、团长、徐副主任,还有黄穆以及几个我不认识的干部,正在紧张地作业。不知道什么时候姚强也离开了,我看见他在黄穆的身边,坐在石头上,像织毛衣那样快速地操作计算盘,不停地向黄穆报告一串数字。

哦,姚强参与了本连最大一次远程射击的诸元确定,这是一件了不起的事情。

电池灯下,我能看见黄穆频频向姚强点头,黄穆和连长也在计算——以后我才知道射击指挥程序,为了确保精度，每个连队的观察所里，根据步兵提供的目标坐标，连长、指挥排长、计算兵，三个人同时计算射击诸元——即表尺、方向，对照没有大的误差之后，才能下达给阵地。

那一幕就像电影一样映在我的脑海里了。我对曹侗壮说，看，姚强拉计算盘的样子，很稳重啊，就像个老兵。

曹侗壮说，是啊，姚强的速算能力比我们都强……也不知道我们有线班用上没有？

我说，啊，你还关心这个？

曹侗壮说，观察所的电话是营部开设的，我们副班长……

就在这时候，我们听见了一个声音——炮火准备，放！

这是郑副师长下的口令。

随即，各营、连长开始下达本单位的射击诸元，"集火射击""两个基数""表尺加三""向左0-0.2"之类的口令声不绝于耳。

我们知道，一切都就绪了，目标、坐标、表尺、方向、装药……至于弹道修正，那是下一个波次了。

炮火准备不是准备炮火，炮火准备就是用炮火覆盖目标区域，摧毁敌人的坚固工事，杀伤敌人前沿阵地的有生力量，为步兵冲击打开通道……我们的连长，我们的侦察班长(代理指挥排长),我们的有线班副班长,我们的同年兵计算兵,在那一瞬间成了一个整体,一个决定着我们连队六门炮炮口方向和俯仰的指挥机构,当然,也是决定无数生灵命运的主宰。

八

天快亮时,炮击结束了。第二天上午我们得知,我军控制了景旺。

返回的路上,我们没有同观察所一道走,还是吴曾路带着我和曹侗壮,直插景旺。

我问吴曾路,为什么我们没有跟观察所走?吴曾路说,各走各的,还有任务。

倒是曹侗壮跟我讲,观察所的人走另外一条路,还要开设新的观察所。

回来的路要轻松得多,曹侗壮的话稍微多了一点,他告诉我,昨天夜里,观察所上,不仅有电台,还开设了电话站,都是营部指挥排的人。

我问为什么有了电台还要开设电话站,曹侗壮说,为了双保险,一是保证通信畅通,有线和无线互为备份,防止通信中断。二是防止阵地上的电台和电话抄收出现误差，互相印证之后才能下达给炮班。

看得出来，有线兵能够在这么大的战斗中发挥作用，让曹侗壮感到很兴奋，这就是所谓的职业自豪感吧。曹侗壮，这个来自贵州山区的新兵，似乎很少考虑个人的事，也很容易满足。

走过了上午，走过了中午，又累又饿，路过一个桥头村庄，看见有十几个步兵正在张罗野炊，听说我们是炮团九连的，一个干部过来说，啊，九连的，我们是老搭档了。

我和曹侗壮都认出来了，是404团七连乔副连长。乔雨川热情地邀请我们一起野炊。他们带了许多罐头，路边有现成的蔬菜。吴曾路问曹侗壮，会不会做饭？曹侗壮说，做过，但是……没有做过像样的。

吴曾路说，那你就做一顿像样的。

我们和步兵一起忙乎起来，吴曾路到地里摘菜，曹侗壮找了几个罐头盒子，跑到路边溪水里洗干净。

我正在架柴生火，一个步兵不知道从哪里弄来一个黑乎乎的东西，抱到我面前，往地下一扔说，这家伙，狡猾狡猾的，要杀它，它就把头缩回去了，交给炮兵老大哥，用炮打。

我定睛一看,原来是一只乌龟,长相十分丑陋。

我高兴地说,交给我,这东西炖汤喝大补,我来收拾它……

我的办法是笨办法,用一只脚踩它的背,迫使它把脑袋伸出来,然后拿刀砍。可是踩了两下,这家伙就是不伸脑袋。

我急眼了,拿起步兵用来开路的砍刀,准备跟它动武,用乱刀解决问题。

那个步兵战友说,先别急,我来捅它的屁股。

然后,找来一个方凳,把乌龟卡在方凳的四条腿里。

这一招果然奏效,乌龟被捅疼了,伸出脑袋,像黄鳝那样扭动脖子,爪子也伸出来了,拼命地蹬,似乎想挣脱方凳,好像嘴里还发出呜呜的鸣叫,呼救似的。

步兵战友雀跃欢呼,哈哈,脑袋出来了,砍啊!

机不可失,我把刀举起来,运了运气,突然觉得胳膊好像被谁打了一下,好像是澜溪战斗中遇到的那只"手"出现了,正在犹豫,听到一声惊呼,不要!

原来是曹侗壮,他的手里举着几个罐头盒子,他扑到我面前,蹲在地上,看看乌龟说,不能杀,这是断背龟,在我们老家,它是神龟,吃了会遭报应的。

我说，扯淡。这么多天了，天天吃罐头，好久没吃活肉了，你闪开！

曹侗壮依然举着罐头盒子，挡在我面前说，不能吃啊，它在哭。

我奇怪地看着曹侗壮，我说我怎么没有听见，乌龟还会哭？笑话！

曹侗壮坚持不让杀龟，寸步不离。

就在我们僵持的时候，乔雨川过来了，看看曹侗壮和我，又看看乌龟说，这东西确实是好东西，我们还有两个伤员呢，这就是最好的药啊……怎么办，是人要紧还是乌龟要紧？

曹侗壮愣住了，我看见他的眼里竟然湿润了，可怜巴巴地看着乔雨川说，首长，放了它吧，你看，它在磕头呢。

乌龟好像真的听懂了人话，明白眼前发生了什么事情，脑袋和爪子尽管还在缩着，龟背却好像在悸动，一耸一耸的。

那个步兵战友说，不吃它，可是留在这里……难道，留给我们的敌人？

曹侗壮说，它会回到山里去的。

乔雨川问我，你说，怎么办？

我看了看手中的柴刀,一时不知该怎么回答。刚才我还觉得浑身是劲,可是,这会儿我的胳膊,抬不起来了。没准儿这乌龟有灵性,真的不能杀。

乔雨川轮流看着我们,然后把目光落在曹侗壮身上,好久才说,这个同志说得对,它会回到山里的,它不属于我们,也不属于敌人,它不属于任何人,它属于土地,属于……地球。

大家都不说话,我们全被乔雨川这句话弄蒙了,感觉他讲话好深奥。

乔雨川说,好吧,把它放了。

曹侗壮一直紧绷的脸突然放松了,嘴一咧,两颗眼泪从眼眶里掉下来,掉到龟背上,发出嗒嗒的声音。

乔雨川把目光从曹侗壮脸上移过来,看着那个步兵战友,又看看乌龟,突然笑了说,把它像俘虏一样抓来,还差点儿把它吃了,确实对不起它。好事做到底,给它搞个送行礼。

我们傻眼了,我稀里糊涂地问,怎么,还要搞个放生仪式?

乔雨川对曹侗壮说,你看,送到哪里合适?

曹侗壮说,就送到小溪里吧,条条江河归大海。

乔雨川说，好，抱上它。

曹侗壮把龟抱在怀里，像抱一只宠物，往溪边走的路上，他还回头看看，仿佛担心乔雨川反悔。走到溪边，他蹲下来，对乌龟说了几句什么话，然后把它放在地上。

远远地，我们看见乌龟真的把头伸出来，转动着，明亮的眼睛在阳光下闪烁，爪子也伸展开了。

我喃喃自语，又像是对乔雨川说，也许，它会游遍全球，它会把今天的事情告诉全世界。

乔雨川说，哈哈，它讲什么，我都不会反对。

乌龟启程了，很隆重地耸动屁股，还摇了摇尾巴，脑袋向曹侗壮伸了一下，屁股一甩一颠，向河水爬去，很快就没入水中。

送完乌龟，大家都长长地出了一口气，好像刚刚结束一场战斗。

曹侗壮的脸红扑扑的，忙得尤其起劲，用了十几个罐头盒，把米淘洗干净，装进罐头盒里，放进火堆里烧。不知道他从哪里找来的猪肉，又从附近的地里搞了一些青菜和蒜苗，放到一起炒，用铝盆炒。

不多一会儿，曹侗壮说，开饭了。

乔雨川说，还有酒哦，拿过来。

那天中午，在一个不知名的桥头，吴曾路、曹侗壮和我，我们三个和乔雨川率领的十几个步兵战友一起，蹲在地上，围着几个铝盆，喝了进入战区的第一顿酒。

酒是香槟酒，感觉劲儿不大，很甜，我们大家放开喝。乔雨川警告，这酒后劲大，可是曹侗壮不听，咕咕咚咚当开水喝。

同乔雨川分手之后，对照地图，距离连队新的宿营点还有六公里，本来是很轻松的路，走着走着就沉重起来。曹侗壮醉了，我也有点晕晕乎乎。刚开始一段路，曹侗壮走得还算平稳，并不说话，只是微笑——微微地傻笑。

我问曹侗壮，你在河边放乌龟的时候，跟它说了些什么？我看见它还对你摇摇尾巴。

曹侗壮本来黝黑的脸庞好像上了一层釉，脸皮显得很亮。他看着我说，啊，我跟它说话了吗？哦，我跟它说，走吧，走得远远的，走到没有人的地方。

我问，它回答你了吗？

曹侗壮转过脸斜了我一眼，这是我第一次见到曹侗壮有这样不同寻常的表情，他大约是看出来，我把他当醉汉了，他用醉汉的口吻跟我说，它回答了啊，它说，我要离你们远远的,特别是那个杜二三,那个人特别会装,明明胆小,硬是装着胆大,明明喝醉了,硬是假装不醉,明明不会唱歌,硬是装着会唱,还唱《快乐的牛虻》,这个人啊,不够朋友哦……

我怔住了,我的酒都快醒了。我假装继续醉着,我说,它说得对啊,我就是会装,我就是死了也得装着没死,我得让我的父母看见我活着回去,我至少还得装十年八年,也许是七八十年……

吴曾路回过头来说,你们两个……喝醉了吗?赶快到河里洗把脸,马上就到连队了,可不能让人看到你们喝醉了。

我高声回答,班长放心,我就是醉了,也会假装不醉,他们看不出来。

曹伺壮也说,我没醉,我在家,和我媳妇儿对喝……能喝半碗苞谷酒……这糖水喝不醉我。

我傻了,酒醒了一大半。

吴曾路也傻了。

曹伺壮,这个刚刚入伍两个月的新兵,才十八岁,他就有媳妇儿了,上帝啊。

大约一个小时以后,我们到达景旺,没有人发现我们醉酒。

曹侗壮醒了,问我,路上我都说了什么?

我说,你什么都没有说。

曹侗壮不信,看着远处说,我记得我说了很多……你可别当真啊,我说了什么都不是我说的。

我说,那是当然,都是香槟说的。我说的那些话,也是香槟说的。

九

据说景旺是一座大城市,到了之后才知道,其实比我家乡的集镇大不了多少,最高的楼不过五六层,也就是县城规模。

连队驻扎在一个木材厂里,尽管前面的步兵已经搜查了,连队还是让我们组成了几个战斗小组,将各个木材堆前前后后搜索了一遍。据说有人提出来,木材堆里可能会潜伏敌人的武装人员,最好放火烧了。连长和指导员商量了一下,没有打算放火,只是让我们搜查。

搜查的过程中,我发现木材厂的东南角有一堆木料,觉得可疑,但是我没有声张。我跟在第二组的后面,抽个空子,叫住了姚强,我说,姚强你等一下。

姚强站住了,犹豫地看看前面的黄穆和几个老兵,等着我的下文。

我说,你过来看,这堆木料的颜色同其他木料有点儿不一样,把它搬开看看。

姚强看看木料,又看看墙外说,不会吧,难道有地道?

我说,先把木料移开看看。

姚强犹豫着,往前面看了看,没有人注意他。姚强最终留下来,我们两个搬开木料,果然发现有个小门。从小门过去,看见木材厂门外,有一幢房屋,二层楼。

姚强害怕了,愁眉苦脸地说,让咱们搜查木材厂,咱们,咱们……

我说,少啰唆,既然发现了,就看个究竟,别藏着带枪的。

姚强不说话了。我率先走到小楼的大门口,向姚强一努嘴,姚强明白,闪到一侧。我运了运气,一脚将大门踢开。

其实大门根本没有闩上,是虚掩着的。因为用力过猛,大门被踢开后又反弹回来,差点儿把我的脸拍成大饼。

姚强说,啥也没有,赶快走吧。

我说,不,既来之则安之,上去看看。

姚强看看周围,几个小组都没有跟上来,没有办法,他只好跟着我,亦步亦趋,从一楼到二楼。

二楼的几个房间,一片狼藉。衣物、书籍、烟盒、酒瓶,满地都是,不知道是不是主人仓促离开造成的。

我挨个儿检查几个房间,一个较大的房间,有一个阳台,站在阳台上往外看,就是木材厂。木材厂再往外,就是景旺的城区了,夕阳落进阳台,几只蝴蝶在阳台附近若无其事地飞翔,好像这里什么也没有发生过。

在这个房间里,我从一堆杂物中翻出一个木头箱子,里面有一堆书,我把每一本书都打开,发现有一本书不是书,而是一个笔记本,里面的文字我不认识,可能是俄文,也可能是法文,还有可能是英文。那些插图,我倒是能够看个大概,好像是作战示意图。

在我研究这个笔记本的时候,姚强也没有闲着,他从垃圾堆里找到了一个铁皮罐子,专心致志地鼓捣了一会儿。我说,姚强,发现什么了?姚强说,什么也没有,重要的东西都被弄走了。

忽然听到喊声,是程于俊和黄穆,他们发现少了两个新兵,在木材厂院子里找了一圈,很快就发现一堆被移动的木材和这扇小门,接着就神经兮兮地冲了过来。

估计再也不会有新的发现了,我把笔记本揣在怀里,对姚强说,走吧。

姚强说,好,赶快走。

我又说,一切缴获要归公哦。

姚强怔了一下说,我什么也没有缴获,你缴获了什么?

我说,什么也没有,不信你看。

我故意把上衣解开,怀里什么也没有。

姚强说,我就知道,这里的人都跑了,不会有敌情。

确实,虽然我们发现了木材厂外面的二层小楼,但是没有发现任何潜在的危险,比如地雷,或者隐藏的武装人员。

程于俊和黄穆过来,正好把我和姚强堵在小门边上。黄穆没有顾得上训斥我们,看着院墙外面的楼房说,啊,这里还有个秘密通道,里面都有什么?

我说,都翻过了,没有潜伏的武装人员。

黄穆不相信地看着我,又看看姚强说,你们不会在这里藏什么东西吧?

我赌气地说,藏了什么,我们能藏什么?总不能藏财宝吧,藏了又带不走。

黄穆这才挥挥手,对程于俊说,走吧,无线班长,要管好你的兵,这家伙,经常单独行动。

程于俊唯唯诺诺地说,是,我得加强管理。

我的心里充满了委屈。不过,幸亏他没有发现我的裤腰里别着一个笔记本。

这天夜里,我们就在木材厂的厂房里宿营。

我上半夜担任潜伏哨,就在头天下午被我搬开的那堆木材旁边。我非常想看看那个被我藏在背包里的笔记本,但是我不敢,我打算一直把它捆在我的背包里,直到我活着离开景旺,直到我可以正常读书看报。

潜伏的时候,我还想到了一个情况,头天下午我在翻看笔记本的时候,姚强在倒腾一堆垃圾,我分明听到他急促的喘气,可以判断他发现了什么稀罕的东西,但是我问他的时候,他却胡乱回答,什么也没有,房屋的主人不可能留下有价值的东西。可是……我总觉得哪里不对劲,姚强的眼神——还有他那没出息的吞咽声——告诉我,他没有说实话,他一定发现什么东西了,一定隐瞒了什么。离开那个小门的时候,他的裤腰里,一定也别着什么东西。

从哨位下来,我没有打开背包,而是抱着一件大衣裹在身上,刚开始还在想笔记本的事,睡着了还睁着眼睛,醒了依然做梦。一夜相安无事,到了第二天清晨,我睁开眼睛后,看看四周,除了岗哨以外,四周静悄悄的。

我的老毛病又犯了,我很想走出木材厂的大门,到街上看看,看看这座异乡的城市,看看刚刚经历过战争的他乡居民。我背上了指导员的手枪,并且套上一件大衣。我不知道岗哨——除了明哨,还有潜伏哨,有没有看见我,反正我没有受到阻拦。可能是因为天已经亮了,周边的友邻部队也有人行动,所以我的单独行动没有引起警觉,我不仅顺利地走出了木材厂,走到了街上,还从路边捡起一辆半新的自行车,我单腿跨上去,一只手伸进怀里,握着手枪,另一只手扶着车把,向景旺城疾驰而去。

我并不知道城市的中心在哪里,我的想法是,离木材厂越远越好,离连队越远越好。

为什么这样想呢,我也不知道,大约是想占便宜,想比别人走得远看得多吧。我使劲地蹬着脚踏,越蹬越有劲,我的心里燃烧着激情,"看吧,它飞舞着,像个精灵,——高傲的,黑色的暴风雨精灵——它在大笑,它又在号叫——它笑那些乌云,它因为欢乐而号叫"!

我的自行车风驰电掣,驶过了一个步兵驻地,哨兵奇怪地看着我,他身边的人也奇怪地看着我。我把右手从怀里掏出来,向他们频频挥手致意,好像我是凯旋的将军。他们一定也把我当作将军了,没有人理睬我,也没有人阻拦我。

很快,我就驶上了沿河的公路,我还不知道那条河叫什么名字,清澈的河面上浮动着薄雾,河对岸时稀时疏有一些人影,我估计那是友军的部队。远处有一座大桥,目测有二百多米宽,桥的两边有一些花枝招展的物件,估计那是路灯,但没有一丝光亮。

这个城市太可笑了,转眼之间人都跑光了,好像只有我一个人如入无人之境,此刻,我就是这个城市的主人,我想到哪里去就到哪里去,我想看看它的百货大楼,看看它的饭店,有没有"江南包子馆"呢,我要是能在这个城市下一次馆子,吃一次包子,再喝上两口就好了。按照冯叶的说法,到没到过一个城市的标志是,看见没有在那里下一次馆子……

我正这么想着,耳边突然传来一声严厉的呵斥,杜二三,指导员找你,指导员说,你再不回来,要枪毙,枪毙!

我的天哪,这不是姚强吗?

我顿时惊出一身冷汗,我往前看,扭头往后看,再看看左右两边,一边是河,一边是山,哪里有姚强的影子。可是,姚强的声音仍然在我耳边回响:枪毙,枪毙……

我一个激灵,呼啦一下掉转车头,自行车和我一样斜斜地贴着山根,回到了来路上,这一次不像海燕,而是像个蝙蝠,我就像一只蝙蝠一样,钻进嗖嗖嗖的晨风里,快速返回木材厂。

在大门外,我扔掉自行车,一头钻进大门,我看见全连都集合在这里,仿佛是准备夹道欢迎凯旋的英雄。

很快我就知道他们不是夹道欢迎我,连长站着没动,指导员向我迎面走来,我啪的一个立正,敬礼,然后,我啥也没说,就那么僵尸般杵在原地。

指导员没有还礼,脸色铁青,盯着我,一步一步向我走来,走到离我只有一步远的时候,他突然伸出手,伸进我敞着的大衣里,扯出了枪套,掏出了手枪,咔嚓一下,子弹上膛了。

我木然而立,我怀疑这是一场梦,我等着指导员向我开枪。我看了看排成几面墙的连队,那几面墙就像绝壁一样,被海浪拍打出隆隆的轰响。

我闭上了眼睛,我的心里也在轰响——"只有那高傲的海燕,勇敢地,自由自在地,在泛起白沫的大海上飞翔!"

不知道过了多久,我听到一声炸雷——杜二三,入列。

其实没有炸雷,只有指导员退子弹的声音,指导员向我挥挥手,咬牙切齿地说,入列,听见没有?

我机械地抬起右臂,向指导员又敬了一个礼,然后机械地迈起左腿,跑步——刚起步就摇晃了一下,差点儿摔倒,我咬紧牙关,跑向队列,仿佛看见黄穆讥笑的表情——这个自我的家伙;仿佛看见李刚得意的眼神——这个逞能的人;仿佛看见姚强挤眉弄眼——不听我的,搬起石头砸自己的脚哦……哦……哦……

无论如何,我得夹起尾巴做人了,事实上,我本来就没有尾巴。

十

从我被"缴枪"的那个上午开始,连队进行整顿,主要是检查执行战场纪律情况。

在班务会上,我做了检讨,我说我不该得意忘形,擅自离开驻地到处乱跑,差点儿让全连集合找我,差点儿误了大事。

代理排长黄穆参加我们的班务会,看来是把我当作"重点人"了。

黄穆说,杜二三同志,参战以来,你总体表现还是不错的,你有很多优点,但是你也有很多缺点。你的优点证明你是一个好战士,可是你的缺点证明,如果不严格自律,可能要带来危险。你要从根子上找原因。

我抵触地说,从根子上找原因,那是什么原因?我从根本上是想当一个好兵,犯了错误是偶然的。

黄穆挥挥手,武断地说,不,不是偶然的。你这个同志,说实话,确实有点儿好大喜功,有很强的表现欲。所以,你要从根本上认识错误,严于律己,克服个人、英雄主义,严格执行各项规定。要知道,我们是现代化的人民军队,不是草莽英雄。

黄穆的话冠冕堂皇,虽然听起来很不中听,但是确实触到了我的痛处。我知道我有好大喜功的毛病,爱表现,还有点人来疯。事实教育了我,不改正是不行的,不接受批评更是不行的。

我只好低下脑袋,沉重地说,排长批评我接受,不过,冰冻三尺非一日之寒,我慢慢改。

黄穆说,慢慢改不行,如果你管不住自己,那么,程班长,就让同志们帮助他管住自己。从今天开始,杜二三的每一个行动,都要向我报告。

我愕然地抬头看着黄穆,怎么,要关我的禁闭?

黄穆说，不是关禁闭，是限制行动。

黄穆说得不紧不慢，但是我分明能感觉到，这家伙心狠手辣，他这个代理排长，三把火就从我的身上开始烧起来了，那么好吧，我就认了……话又说回来了，不认又怎么办呢？

班长让大家发言，冯叶说，我也有责任，没有管好我带的兵，不过，也没有造成重大损失，杜二三同志将来注意一点，不要擅自行动。处分嘛，我看就不必了。

我感激地看了冯叶一眼，我说好，我一定遵守纪律，服从冯老兵的指挥。

我被缴械了，手枪被指导员要走了，连同枪套。同时，我的三等功也岌岌可危，听说有人提议，以功抵过，取消我的三等功。

我不知道连队会不会采纳这样愚蠢的建议，我分析，这个建议即使不是黄穆提出来的，他也一定会支持。这个建议让我惶惶如丧家之犬。我想，假如没有立功还好，大家都是普通人。可是我明明立功了，我估计我的家人早就知道了，河水啊土地啊，跟我的家乡都是连着的……可是突然之间又被取消了，那就太丢人了，这算怎么回事啊。

越想越忐忑，干脆不想。

头天夜里站岗，冯叶带着我进入哨位，是在一堆木材的上面，我的任务区分是大门西南方，那恰好是我早晨"视察"的出发地。在战区辗转快半个月了，基本上都是围绕山岳丛林和水网稻田转悠，跟蚊虫、蟑螂打交道，还有无处不在的向我们瞄准的眼睛。这是我们第一次住进敌人的城市，第一次回到人间烟火。

半轮月亮挂在头顶，依稀可以看见景旺河——我并不知道它叫什么河，我只是在心里叫它景旺河——河水波光粼粼。河对岸东边是山峦，正对面影影绰绰有一些建筑，星星点点的灯光鬼火般地闪烁，整个城市显得很平静。

但是我知道，这种平静是假象，在这半明半暗、有声无声的世界里，到处都有跳动的心脏。月光下的建筑显得遥远朦胧，黑色成为城市的外套，一切秘密都在这外套里面进行，就像下午我把笔记本塞在裤腰里。

不知道为什么，我非常想走进那月光下的黑暗，走进那些紧闭或者虚掩或者敞开的门户，去看看那里的人们是怎样生活的，看看他们的餐桌、窗帘和床。仿佛，我真的走进一户人家，他们正在院子里纳凉，其中有一个瘦骨嶙峋的男人，还有一个穿着黑色长裤的女人，感觉有点儿面熟，在哪里见过呢？男人惊慌失措地站了起来，警惕地看着我，问我从哪里来。那个女人很年轻,脸庞圆圆的白白的,她把一个木瓜切开,红红的汁液流了出来。木瓜端在我的面前,我嗅到甜蜜的清香,我看见她的眸子里流淌着恐惧的光芒……在哪里见过呢?

倏然,我想起了几天前,在一个名叫茶棚的地方,一队俘虏被押过来了,那个遭到李刚猛烈拳击的男人,还有那个被反绑双臂的女人,以及她嘴角挂着的笑——他们在我的想象中神奇地组合在一起,组合成这个宁静夜晚的一个家庭……想家了,我突然意识到,这么多天来,我第一次有空长时间深刻地想家了。这个季节,在北南北度以北,在两千多公里的地方,我的家乡应该是白雪皑皑。他们在干什么呢?会不会一边烤火一边议论我,一边猜测我现在所在的位置?我的家乡,此刻是不是也有半轮月亮,他们知不知道我正在他乡的月光下站岗,正在眺望景旺河的西南方向,抱着冲锋枪,随时准备扣动扳机……

耳边传来三声蛙鸣,我从遐想中惊醒过来,看见冯叶端着枪出现在木材堆垛的下面。按规定,潜伏哨每隔二十分钟由单人变成双人,换一个地方。

我跟在冯叶的身后,以低姿转移到第二个哨位,距离头天下午我发现的小门约十米处。

隐蔽之后,冯叶问我,这个小门通向外面,听说你白天到那幢楼里去过?

我说,是的。

冯叶说,发财了没有,里面有金银财宝没有?

我回答,没有,啥也没有,再说,我也不是去找金银财宝的,我又不是土匪。

冯叶哦了一声,又说,你小子胆子可真大,不仅私闯民宅,还骑车出去绕了一圈,你有没有想过,要是遇上地雷,或者遇到潜藏的特务,你就玩球了,连尸体都找不到。

我说,是的,我认识到错误了。

冯叶说,我发现你很奇怪,你跟别人不一样。

我怔了一下说,是的,因为我是二球。

冯叶说,你不怕死?

我……我想了一下说,你才不怕死呢,我活着好好的,我干吗要死啊?我只是怕死在一个不明不白的地方,死在一个不明不白的时候……

冯叶说,啊,你这么想啊,谁不会死呢,早晚我们都会死,变成一堆烂泥巴,跟毒蛇、蚂蟥、蚊子一起……这该死的地方……

冯叶说着,缩起脖子,打了一个寒噤。

我说,是的,这地方真可怕。

冯叶说,你要注意一点,可以牺牲,但是不要做无谓的牺牲,你死了,什么都不属于你,除了杜二三这个名字……名字也不属于你。

我说,难道我活着,就有东西属于我了吗?

冯叶说,你活着,至少还有一段时光属于你。

我说,我想让这段时光……多做点事。

冯叶说,哈哈,有理想。

我发现这一会儿月亮不见了,整个天空变得漆黑一团,好像变天了。据说,这个地方,每天平均下三场雨,这一天的白天没有下雨,估计夜里要加倍地下。

黑暗中,我发现冯叶的眼珠子转了几下,上下眼皮像鼓掌一样响了几声。冯叶说,啊,你也怕,怕你为什么还那么莽撞?我还以为你视死如归呢。

我说,你才视死如归呢。可是,怕死就不死了吗?并不是怕死就不死,你看郑副师长,还有我们指导员和连长,打仗的时候都冲在前面,毫毛都没有掉一根。

冯叶笑了,上下眼皮又鼓了几下掌,嘿嘿一笑说,你说的倒是,打仗嘛,无非两种可能,一种是打死了,一种是打不死。打不死也有两种可能,一种是毫发无损,一种是缺胳膊少腿……运气啊,要看运气,所以说你小子运气好,听说长形高地那次,要不是遇上黄穆,你就玩球了……

我说谁告诉你,不是黄穆我就玩球了?难道黄穆说的?

冯叶说,那倒不是,黄穆说你贼胆大,上蹿下跳。

我说,我是传达副营长的命令,他竟然说我上蹿下跳。

冯叶说,哎,你说说,你怎么运气那么好,第一仗就立功了。

我说,你又来了,你总怀疑我是运气好。我跟你讲,那天你们畏缩不前的时候,是我勇敢地冲在前面,我去传达副营长的命令,我去帮助推炮的时候,你们在哪里?

冯叶吃惊地看着我说,啊,你声音小点……我们在哪里?嘿嘿,跟你说实话,那是第一次,全连都是第一次,子弹啪啪地打,就在身边飞,我的天哪,谁见过那阵势啊。我跟你讲,我当时恨不得一头钻进石头缝里,啊,啊,想钻石头缝的不是我一个人……我就奇怪了,你当时怎么就不怕呢,到处乱跑。

我心里一紧,想起了那只血淋淋的手,想起了我的那个一闪而过的逃跑的念头。当然,我不会对冯叶说这些。我说,我哪有时间怕啊,副营长让我传达命令,我没办法啊,命令传达不下去,我就……那我才真玩球了。

冯叶笑了,笑得一口白牙闪闪发光,他咧着嘴说,我知道了,你就是二球,一个走运的二球。听说你在景旺又见到了郑副师长,没准儿,郑副师长会把他的女儿嫁给你。

我说,郑副师长有女儿吗?

冯叶说,我也不知道。不过,郑副师长要是知道你这么二球,老是违反纪律,恐怕就不会把女儿嫁给你了。

我当然知道郑副师长不会把女儿嫁给我,不管他有没有女儿,不管我是不是二球。不过,冯叶的话还是让我心里不舒服,是啊,我为什么老是违反纪律啊,难道我是一只刺猬?

那天夜晚,是我参军以来同冯叶聊天时间最长的一次,差不多聊了半个多小时,直到下了大雨,程于俊和王晓过来,我们四个人从小门钻到二层楼的阳台上,从屋里扯下几块窗帘裹在身上,打着冷战站岗。

蜷缩在二楼的阳台上,听着波涛一样的雨声,我又想起了那个问题,这水是从哪里来的,又要到哪里去?这水是从地上生长的,也只能回到土地上,它会流到我的家乡吗?会的,一定会有一些水从江河到海洋,再从海洋到江河,回到土地里。一定会有一些水连着另一些水,就像我们的血管和神经,它们比我们更知道土地的温度,比我们更知道土地上发生了什么。

下岗的时候,天晴了。我站在二楼的阳台上,注意看了一下,雨后的朝阳像个破碎的蛋黄,粘连着东方的山脊。西南方向景旺河对面的景物似乎更远了,好像悬在半空中,宛如古代城堡。

我突然想起了一句话,天空是有记忆的。

部队离开景旺之前,程于俊跟我交底,他把班务会记录送给连队了,班里多数同志认为,杜二三虽然违反了纪律,但性质较轻,而且没有造成后果,建议免予处分,批评教育,严格管理。

我问,黄穆……排长是什么态度?

程于俊说,嗨,排长嘛……代理排长的态度我不能说,我感觉,排长还是很……重视你的。

我没好气地说,重视我什么,总是看我不顺眼。

程于俊说,啊,不要这么想,也许他是恨铁不成钢。

我没吭气,我不相信黄穆欣赏我,这完全是班长安慰我的话。黄穆对我的成见是不可改变的。

程于俊是在连务会上汇报的,连长和指导员都在。据程于俊讲,指导员很生气,说杜二三这个同志,名利思想很严重,老爱出风头,要是不严加管束,这个傻大胆儿早晚会弄出事的。但是——指导员说,这个同志也有优点,工作比较积极,再说,这段时间忙于打仗,对部队管理不严,领导也有责任。让他写书面检查,检查深刻了,触及灵魂了,就不再处分了。

这个结果比我想象得要好,但是,我又有点儿失落,我问程于俊,指导员说什么,说我工作比较积极?

程于俊说,是啊,看得出来,指导员是向着你的。

我哦了一声,心里很不痛快。

什么叫工作比较积极啊?我觉得,我给指导员留下的印象,应该是"作战非常勇敢",那次在澜溪长形高地,我如入无人之境,枪林弹雨里传达命令,确保火炮及时到位,我还替指导员背了那么多天手枪。景旺战斗之前,我还跟吴曾路到火线送饭,累得几乎脱掉一层皮,用一句"工作比较积极",就把我打发了?

不过,很快我就明白了,我那天擅自外出,确实给连队带来极大的负面影响,因为当时有人向上面报告,杜二三带着手枪跑了,可能投敌了。

现在好了,不仅有个"工作比较积极"的结论,我的三等功也保住了,我还是我,我还是一只海燕啊,干吗抠字眼呢。投敌?太小看我了,我干吗要投敌啊,我的家又不在景旺。

那几天,我搜肠刮肚,写了一份《我的检查》,深刻地反思了自己虚荣心强、好大喜功,把自己幻想成刀枪不入、飞檐走壁的英雄,以至于做出许多违反纪律的事情,让连队不省心。其实,我坦白,我入伍动机不纯,参加战斗动机不纯,我就是想当一名军官,穿上四个兜,背上手枪……我把埋在我内心的最不敢见人的活思想都坦白出来了,我想,不管组织怎么处理我,我都认了。

十一

景旺休整期间,连队接到通知,在澜溪长形高地战斗中负伤的一班长胡庆华,被辗转送到后方医院,因失血过多,牺牲了。

消息传来,大家都很悲痛,胡庆华的老乡李刚号啕大哭,哭着嚷嚷,我要报仇。哭了一会儿,突然跑到院子里,对着一堆木材拳打脚踢,就像武松打虎,攻击性很强,只不过他是闭着眼睛打的。

我觉得李刚哭得有点儿夸张,打仗哪有不死人的?牺牲了就牺牲了,化悲痛为力量,接着干呗。当然,我的这个念头是绝对不敢说出去的,我也不想牺牲。

怕死不等于不死,也不等于找死,怕是没有用的。当然,我再也不能违反纪律了。胡庆华的牺牲重于泰山,死而无憾,可是,我要是因为违反纪律,被地雷炸死了,或者被活捉了,再给连队带来损失,那就是遗臭万年了。

因为在前线,找不到胡庆华的照片,当天晚上,冯叶画了一张素描,挂在临时连部的门边,大家陆续走到那里吊唁,也算是对战友表达一个心意。

自然,李刚又是泣不成声。

刘桥似乎也觉得他的副班长有点儿婆婆妈妈,跟大伙解释说,这个同志最近就是这样,情绪激动,要面对面跟敌人干一仗。可以理解。

第二天早晨我们就离开景旺了,天空阴沉沉的,好像随时准备下雨,不知道是挽留我们还是为难我们。车队刚刚驶出木材厂,就一头扎进蒙蒙细雨中。

我坐在大厢板里,伸头往外看,车队走的路,居然是那个早晨我骑自行车"视察"过的路,这让我生出莫名的兴奋,哈哈,我还是赚了,毕竟,我在这个城市骑过自行车,当过先遣队,我在这里留下的记忆比别人更多,将来——如果我还有将来的话,要是写回忆录,我会比别人多写几页纸。

拐了一个弯,就能看见那座大桥了,我命名的景旺大桥。桥上的车队就像一条被拉直了的蚯蚓,那是前面几个营的车队。大桥的上游,云雾缭绕,云雾的下面,所有的建筑都变成了黑灰色,我再次想起我创造的那句话,黑色成为城市的外套,一切秘密都在这外套里面进行……当然,我也想起了我的笔记本,它被我巧妙地塞在电台外套的底部,此刻就在冯叶的腿边。

走走停停持续了一天一夜,次日早晨,听到前方传来枪炮声。车队抵达一个名叫般坎的地方,这是一个小镇,据说曾经有三百多户人家。听干部们议论,说遭到伏击,尾随的敌人也从某处穿插过来,可能想在我们撤退的路上挽回一点儿面子。

步兵紧急占领制高点,并在前方的道路两岸建立保障体系。因为是遭遇战,炮兵无法展开,上级命令我们在般坎休整,同时搜查这一带,防止乔装隐藏在这里的武装人员在我们的背后捅刀子。

黄穆带着我们排,低姿前进到北长街,并交代,至少一个班集体行动,绝不允许任何单兵脱离队伍。

黄穆说这话的时候,眼光特意在我的脸上停留了两秒多钟。我昂首挺胸,假装没有看见黄穆的眼神。

此后,我就跟着班长程于俊和冯叶,寸步不离。在北长街,我们发现一个紧闭的木门,门边还有新鲜的脚印。分析认为,里面有人,黄穆让程于俊带领冯叶和我,交替掩护进入这户人家,其余人员在街巷埋伏。

这是一个较大的院落,但房屋破旧,厨房里散乱地堆放着一些发臭的垃圾,里面有几根木薯。我揭开锅盖,摸摸锅底,还是热的,显然,这里刚刚有人来过。

程于俊带着我和冯叶,院前院后,屋里屋外,搜了一遍,什么也没有发现。

程于俊说,可能是有人回来拿东西,发现我们来了,跑了。

我也认为班长的分析有道理。

就在我们准备离开的时候,冯叶嘘了一声,停下步子,我发现冯叶已经趴在地上了,耳朵一动一动的。

冯叶听了一会儿说,有人!

我和程于俊同时举起了冲锋枪。

按照冯叶的引导,我们重新回到厨房,冯叶又趴在地上听了一会儿,然后对程于俊和我说,你们掩护。

说完,他把水缸周围的泔水桶和柴堆移开,再将水缸搬开。天哪,出现一个地道口。冯叶以战斗姿态端着枪向里面喊,出来,出来,再不出来我就开枪了。

一阵沉默,沉默过后,突然出现了一声啼哭,但很快就被什么东西捂住了,洞里传来窸窸窣窣的动静。不多一会儿,黑洞变得明亮起来,原来地洞通着屋外的柴堆,柴堆被从里面推开了,光线照进洞里。

我们能够清晰地看见,洞里坐着一个女人、两个孩子,女人的脸明显抹了锅灰,黑一块白一块,这让我产生很不舒服的联想。我注意观察,她的胸怀敞着,露出一只乳房,另一只乳房塞在一个幼儿的嘴里。

我差点儿就闭上了眼睛,但是,我必须坚持把眼睛瞪得老大,我不能闭上眼睛,我有足够的理由瞪大眼睛看着她,包括她敞开的胸怀和那一头瀑布般的黑发,也包括她怀里的幼儿。

好像那幼儿并不打算吃奶,顽强地挣扎着,但是他的小脑袋被女人使劲地按着,直到我们走近了,女人仍然没有放开那个吃奶的幼儿。

我们持枪搜索,发现地洞的另一个出口——应该也是通气口,斜着通向墙外,有脸盆大小。上面有个柴堆,柴堆被推得东倒西歪,柴火凌乱地散落在洞口,应该是女人所为,至于她为什么要这么做,事后分析,或许她是豁出去了,与其死在黑暗中,不如让我们看清楚这里面有活人,是死是活全听老天爷的了。

因为脸上涂着锅灰,女人的眼睛越发显得明亮,牙齿雪白。她面无表情地看着我们,不仅没有掩起敞着的半边衣襟,而且把另一边也掀开了……

女人掀开衣襟,将幼儿放开。

幼儿好像得到特赦一般,哇哇大哭,哭了几声又不哭了,咿咿呀呀地骨碌着眼睛。

女人这才将衣襟整好,仍然面无表情地看着我们,好像征求我们的意见,她可不可以站起来。

我把枪对准女人的脑袋,紧张地看着她的两只手。

此前我们得到告诫,这一带的老百姓屁股底下都有可能坐着一颗手雷。

我紧张地看着女人,同时也用眼瞟着程于俊,这时候他做出什么样的举动,我都不会有异议。

程于俊向女人示意,她可以站起来。

女人站起来，把怀里的幼儿往我们的眼前举了举，又放在身旁的摇篮里，然后直起腰，开口说话了，叽里咕噜，呜呜咽咽，像是对我们说话，又像是自言自语。

我们听不懂，但是从她的手势可以看得出来，她是在说，她有孩子，她不会反抗。程于俊对女人说，把孩子抱起来。女人茫然地看着程于俊，又看看坐在地上的女孩。冯叶叽里咕噜说了一句，我猜想应该是英语，不知道女人听懂没有，或许听懂了，她弯腰把孩子抱了起来——天啦，在那个大约三岁的女孩的屁股底下，果然有一把手枪。

那个瞬间，不，整个过程给我的感觉十分漫长，我看看程于俊，只见他的脑门儿上涌出大颗大颗的汗珠。再看看冯叶，冯叶的眼睛一刻也没有离开那女人摊着的两只手，他的右手食指在扳机上抖动——我相信，这个时候如果外面再出现任何一点儿异常响动，冯叶的枪口马上就会射出一梭子弹。

好在屋里屋外都没有再出现响动，连摇篮里的孩子都一动不动，仿佛他也看到了危险。

程于俊向我一歪脑袋，示意我捡起那把手枪。我一只手举着枪，弯下腰，像当初扒拉甘蔗地里的手枪一样，小心翼翼地拿起手枪一看，他妈的，是假的，木头做的。我既失望又庆幸。

我在女人刚刚坐过的木凳前前后后搜索一遍,再把整个地洞戳了一遍,没有发现其他东西,只是从一只破碗里发现一段煮熟的木薯,还有一撮黑乎乎的东西,估计是咸菜。

在我搜查的过程中,女人不说话了,就用那双被锅灰衬托得明亮的眼睛看着程于俊,显然她发现程于俊是我们的领导,但是她并没有直视程于俊的眼睛,而是把目光焦点落在程于俊的风纪扣上,她的目光空洞而又缥缈,读不懂那里面有什么含义。

僵持了很长时间,外面的枪炮声越来越远,我咬紧牙关不说话,神经麻木一般等着程于俊的指令。

终于,冯叶憋不住了。冯叶说,班长,放了他们吧。

冯叶的话像炸雷一样,不仅使我浑身一震,我看见程于俊的手也抖了起来,他仍然在瞄着女人,同时用眼角的余光观察着地洞,还有射进光线的柴堆,他额头上的汗珠更大了。

不知道过了多久,程于俊的枪口稍微垂了一点儿,他看看冯叶,又看看我说,你说呢?

我说……我张张嘴,想了很久才说,放了他们吧,你和冯老兵先撤,我殿后,万一……

程于俊看看我说,胡说!

我坚持说下去,万一后面还有情况,万一她还真有一颗手雷……

程于俊说,不要说了,让她把衣服脱了!

我吃了一惊,觉得不对劲。我说,班长,那不合适吧,为什么要她脱衣服?

程于俊仿佛也怔住了,嘟嘟囔囔地说,是啊,是不合适,为什么要她脱衣服?

程于俊的表情更让我糊涂了,好像刚才让女人脱衣服的不是他,而是别人。

突然之间我明白了,程于俊让女人脱衣服,是为了保护她,只有她把衣服脱光了,才能证明她的身上没有藏匿武器,可是,我怎么能让她明白这一点呢?如果班长让我去搜身,我从哪里下手呢?

我的难题很快解决了——那个女人,先是缓缓张开她的双臂,收回胳膊,将虚掩的上衣重新掀开。

我们还没有明白怎么回事,女人就把裤带解开了。

我的心脏剧烈地跳了起来,我听见班长喝了一声,住手!

女人没有听懂班长的话，但是她看到班长面红耳赤的样子，好像明白了什么。她似乎还笑了一下，一闪而过的苦笑。她的一只手扯着短裤的一边，另一只手耷拉下来，手背痉挛着，就像抽筋一样。

冯叶一只手在上，另一只手的食指顶着上面那只手的手心，给她做了一个暂停的动作，并且嚷了一声，Stop it!

这回，女人好像明白了什么，又好像不是全明白，就那么弯着腰看看冯叶，又看看程于俊，还有我。

终于，她可能彻底明白了，用探询的目光看了程于俊一眼，掩好衣襟，向程于俊、冯叶，还有我，慢慢地弯下腰，鞠了一躬。

程于俊说，杜二三，把你身上的压缩饼干和罐头取下来。

我明白了，我说好。

三下五除二，我把背在身上的可以吃的东西全部取下，扔到女人的脚下。一直傻傻地看着我们的那个女孩，看着我扔下的东西，突然扑了过去，抓起一个罐头，塞进她母亲的怀里。

趁冯叶不注意，我出其不意地从他的上衣兜里取出钢笔，扔到小女孩的脚边。冯叶瞪了我一眼，做了个龇牙咧嘴的口型,不过,他没有取走他的钢笔。

我们走了,我在前,冯叶居中,程于俊在后。我当然明白程于俊为什么这样安排,万一——我们永远不能排除万一,万一那个女人从某个地方,比如柴堆,比如头顶,比如小女孩的身上,扯出一颗手雷,或者一把手枪,那么……班长就是班长。

直到我们离开院子很远,也没有动静。我说,真玄啊,我都快晕过去了,差点儿……

程于俊说,你为什么要晕过去,什么差点儿?

我没有回答程于俊的话,我说,这下好了,轻松了。

冯叶说,什么叫轻松了,难道你的心里装着一块石头?

我说,不是石头,是压缩饼干,是罐头,我再也不用背那些压缩饼干和罐头了。

程于俊说,啊,哈哈,赶快走吧,黄穆还在等我们呢。

还没有走到北长街的巷口,黄穆就带着人匆匆赶了过来,我赶紧把木头手枪掖在弹匣后面。

黄穆气喘吁吁地问程于俊,怎么这么长时间,发现了什么?

程于俊说,这里都被步兵搜查过多少次了,能有什么?

黄穆说，哦，是这样啊，那你们还搞这么长时间？

程于俊说，杜二三拉肚子，找来找去找到一个柴堆，他妈的，刚提上裤子没走几步，他又要拉，嘿嘿，啥也没有发现，就是给般坎留了点儿肥料。

黄穆盯着我说，拉稀，你怎么搞的，在这个地方敢拉稀吗？

我马上做出一副痛苦的样子说，不知道吃了什么，可能是压缩饼干就凉水出了问题……我憋着，我尽量憋着。

十二

返回车队之后得知，就在我们搜查般坎北长街的时候，步兵在般坎西南同对方一支游击队发生了激战，并占领了公路两侧制高点，沿公路搜索前进。我们炮兵的车队，跟随步兵且战且进，所以行驶缓慢。

尽管程于俊没有交代，但是我们——我和冯叶，此后再也没有提起长北街的事情，这件事情似乎成了我们无线班的秘密。只是，我偶尔会想起那个女人，还有她怀里的幼儿和那个脏猴似的小女孩。

实话实说,我在想起那个女人的时候,也会想起她掀开的衣襟和她已经褪到腿弯的短裤,我记得她是穿着凉鞋的。在最初的时刻,我没有把她看成是一个女人,我对她没有性别意识,而是把她看作潜在的敌人。而事后再回想起来,就觉得有点儿……

可是,我很难忘记,在女人褪短裤的时候,我的嗓子眼儿,非常没出息地咕咚了一声,就像姚强经常做的那样。我为这个该死的咕咚声感到无比羞愧,这声咕咚甚至比澜溪战斗中出现的那个该死的念头还要该死。假如,假如将来我还会到般坎,假如再见到那个女人,她会不会记住我那一声咕咚呢?她不一定能记住我的脸,但是她很有可能会记住我的那声该死的咕咚。

我又有了一把手枪,尽管是木头做的玩具手枪,但是很重,冯叶说是一种名叫鸡翅木的名贵木材做的,而且造型逼真。我在玩弄这把手枪的时候,产生很多联想,不仅仅是童年记忆,我觉得,不知道谁最早创意,把手枪做成玩具,这个主意可不是什么好主意。但是,我仍然没有扔掉这把木头手枪。

下午五点多钟,到达一个名叫岗东的地方,前方传来消息,桥被炸断了,上级正在紧急抽调工兵架浮桥,要我们在岗东宿营待命。不大一会儿,看见乔雨川带着几十个人,从我们车队旁边跑步通过,前往河边掩护工兵架桥。

连长指挥炮车开进山根,选择对方的射击死角隐蔽起来,除了警戒,其余人员离开炮车约八十米,在公路下方挖单人掩体。

黄穆把指挥排集合起来,给我们看了单人掩体的图纸,就像窑洞,不过比窑洞要小得多,高八十公分,长、宽各五十公分。黄穆说,这是步兵宿营摸索出来的,可以防止炮袭。

实话实说,我对这东西不以为然,能不能有效地应对炮袭是一方面,关键是钻到这种洞里的感觉不好,就像老鼠一样。

正挖着掩体,连队通信员来了,让全连集合,到了集合地点才知道,六班副班长李刚失踪了。连长把六班长刘桥好一顿吼。刘桥说,半小时前他还跟我们在一起,怎么就不见了呢?

连长问,你们班这半个小时都遇到什么了?

刘桥说,啥也没有遇到啊,一路上都没有下车,休息的时候撒尿都在一起。

连长双眉紧锁想了好大一会儿说,这个同志,最近有什么反常没有?

刘桥说,还好啊,工作挺积极的,就是话少了一点儿……不过,这段时间好像脾气大了,爱抬杠。

连长又问班里其他同志,有没有发现李刚有什么怪异的举动,新兵马涛不确定地说,副班长这段时间好像有心事,夜里睡觉讲梦话,还嚷嚷,挺吓人的。

连长问,嚷嚷什么?

马涛说,听不清楚,好像说要报仇。

连长眉头皱了皱说,报仇?报什么仇……哦,他的老乡倒是负伤了几个,胡庆华还牺牲了,可是……

这时候黄穆站出来了,跟连长嘀咕了一阵,连长这才知道李刚在茶棚拳打俘虏并受到乔雨川斥责的事情,连长的脸色变了,说,他会不会有什么极端行动啊,赶快分头找,主要沿来路找。

连长分析李刚的心理,这几天一直是往北南北方向走,眼看战争快要结束了,这家伙是不是认为没有机会报仇了,单枪匹马当孤胆英雄去了。

我们放下铁锹,分成几个小组,带上轻武器,山上一条小路,山坡一条碎石公路,还有附近的村庄,都派人寻找了,找到半夜也没有找到,不敢走远,只好返回宿营地,反穿雨衣,蜷缩在掩体里休息。

这一夜当然没有睡好,我在想李刚,他到底是个什么人?我突然想到了那顶曾经扣在我头上的帽子,投敌。

投敌?我觉得不至于,他犯不着,而且他又不是什么重要人物,投敌也没有价值,我想他还是有可能走错路了,或者是真的被对方的特工队秘密捕俘了。不管哪一种结果,都让我们心里不好受,毕竟我们是战友,二十多天都在一起冒着生死。

我的掩体挖得比较大,坐在里面相对舒服,我还特意给自己挖了个枕头。我把冲锋枪抱在怀里,靠在洞壁上,打算认真地体验一下洞穴生存的滋味。

掐指一算,岗东这个地方,离般坎并不远,车队绕来绕去走了一个下午,其实没走多远,我想象,这地方离般坎不过二十公里,我想起般坎的地洞,想起那个女人,忽然觉得,此刻我们在同一个空间里,我似乎听见了她说话的声音,泥土,我们都在泥土里,泥土就是我们的被复线……

我把耳朵贴在洞壁上聆听,没有听到什么,只有洞外时远时近的枪声……突然,我从半睡半醒中惊醒过来,打了一个激灵——李刚,他是不是在殷坎也遇到了什么,他会不会回到殷坎啊?

黄穆就在隔壁,他的掩体是姚强挖的,比较大,两个人住在里面。我的血一下子热起来了,我要向黄穆报告。我呼啦一下站起来,脑袋装在洞顶上,好在是松土,撞得不算太疼,只是撞了一头泥巴,但是把我撞醒了。

我清醒过来了——我想到的,连队干部都会想到,况且还有黄穆、刘桥、冯叶……哪个都不比我傻,我操这个心完全多余。

我又重新坐好,抱着冲锋枪打盹。

把雨衣反穿,是步兵的发明。我们有炮车,常常可以在车上睡眠,而且因为步兵在前,排除了许多隐患,我们甚至还可以在房屋里住宿,但是步兵就不一样了,除了露宿街头,就是露宿野外,风里雨里,靠着大树睡觉,像野人一般。

自从澜溪战斗之后,我们一路征战,多数都是配合404团七连,瞽山攻坚,茶棚伏击,景旺总攻……我们同七连就像一个人和他的影子,我们的炮火支持了他们,他们在外围保护了我们。我们在这里,好歹还有一个掩体,有一件反穿的雨衣,可是他们呢,还要潜伏在密林里,警惕地听着身后、身边的任何一丝异常动静,两眼盯着前方,一旦工兵受到威胁,他们就会从密林里一跃而起,迎着枪林弹雨,扑向未知的世界。

我对那个副连长乔雨川非常有好感,我觉得这个人不仅作战勇敢——我曾亲耳听黄穆说他是孤胆英雄,而且,有见识,有担当,除了那次制止李刚的错误行为,还有景旺观察所下来的路上,他对乌龟的态度。我想,他就是我模仿的对象,甚至是偶像,将来——如果我有将来的话,那么,我就要成为乔雨川这样的人……

想到这里,我的脑子里好像钻进了一个东西,"咔嚓"亮了一下。那是什么呢,那道火花——我惊呆了,我被我脑子里这个火花照亮了,点燃了,我想起了马涛说的,李刚夜里讲梦话,要报仇,他找谁报仇啊,只能是找乔雨川,乔雨川训斥他的那些话,伤害了他。想到这里,我不再犹豫了,二话不说就站了起来——这一次没有撞到脑袋,我连想都没想,哈腰一头钻出我的掩体,在隔壁洞口高喊,侦察班长,排长,姚强,你们醒醒!

我听见掩体里"咔嚓"一声,不知道是谁的子弹上膛了。

我说,别开枪,我是杜二三,我知道李刚在哪里。

过了一会儿,黄穆出来了,姚强端着枪跟在他的后面。

黄穆满脸不高兴，打着哈欠说，杜二三，你又出什么幺蛾子？

我说，我知道李刚在哪里。

黄穆又打了一个哈欠说，你是不是梦游啊？在这地方梦游，哨兵的枪会走火的。

我说，黄班长……不，排长，我知道你不相信我，但是请你听我把话说完。

黄穆这才停止打哈欠，把腰里的手枪插进枪套，看着我说，好吧，你说吧。

我说，还记得茶棚的事吗，李刚拳打俘虏，是谁制止的？

黄穆不假思索地说，我啊。

我说，还有呢，话说得最狠的是谁？那个人还跟你讲，这个同志要教育，还有……

黄穆认真了，啊，你是说，步兵七连的乔副连长？……那又怎么样？

我说，李刚感到受到了伤害，这些天他一直对这件事情耿耿于怀，昨天下午，乔副连长带着队伍从我们的车队边上过，到前面去掩护工兵架浮桥，李刚看见了他们，所以就跟上去了。

黄穆有点蒙,瞪着我问,什么,你是说,李刚跟乔雨川走了?

我说,十有八九。

黄穆的嘴巴吧嗒了两下,若有所思地说,这种可能不能完全排除,可是,他跟上去干什么呢?

我说,决斗,他一直在寻找机会,要跟乔雨川决斗。

黄穆说,决——斗?这是你自己揣测的,还是李刚告诉你的?

我说,我分析的,我学过一点儿心理学,我觉得,在李刚的心里,一直有一个结,那就是要把乔雨川对他的伤害了结了。

黄穆不说话了,久久地看着我,突然微微一笑说,李刚的事,是你管的吗?回去,回到你的洞里,好好睡一觉。

我很气愤,冲黄穆咆哮开了,我说,事实胜于雄辩,你压制我,耽误了寻找李刚,你就是我们连队的罪人。

黄穆说,哈哈,那我就当罪人吧,现在我命令你,回到你的掩体里,剩下的事情交给我来处理。

我说,不,我要去向连长和指导员报告。

黄穆说,报告什么?李刚失踪的事,连长向营长报告了,营长向团长报告了,团长向404团通报了,如果李刚真的跟乔雨川走了,乔雨川傻吗?那么一个大活人潜伏在他的队伍里,他都没发现,那李刚太神奇了,比特工还特工。

这回,轮到我傻眼了。

后半夜,我基本上是睁着眼睛的,听隔壁的掩体里此起彼伏的呼噜声,心里很不是滋味。黄穆说得对,组织上比我聪明多了。我忽然很想到隔壁洞里跟黄穆说说话,我会说我是神经过敏,我老是琢磨一些本来不该我琢磨的问题,我错了,我得改改我自以为是、自命不凡的毛病,改改我的"自我"。

当然,我没有到隔壁的掩体里,因为我睡着了。

第二天清晨,我醒了,看见洞外阳光明媚,鸟语花香,这真是一个难得的早晨。

走出掩体,一股清新的气息扑面而来。忽然发现,不远处有块瀑布,像白色绸缎在蓝天下和绿色的山涧款款落下,壮观极了。

吃饭集合的时候,连长说,桥还没有修好,步兵已经完全控制了这一带,给两个小时,大家洗澡洗脸洗屁股,洗得干干净净地回到北南北。

我很诧异,为连长若无其事的表情,看看指导员,也很平静。我们连队有个人失踪了，难道他们一点儿也不着急，一点儿也不为战友担心？

直到打上饭，回到班里，蹲在地上，冯叶才告诉我，找到李刚了，他确实跟着404团走了，倒不是去找乔雨川决斗，而是要跟乔雨川一起，当一回步兵，跟对手面对面地打一仗。因为李刚浑身披挂伪装网，行军的时候用雨衣裹着脑袋，直到在河边分配兵力的时候，步兵战友才发现队伍里多一个人，报告了副连长，乔雨川认出是李刚，李刚情绪很激动，说他一定要跟敌人面对面地打一仗，让乔雨川看看他到底是不是孬种，是不是只会打俘虏。乔雨川反复劝说无效，只好让人跟着他。因为乔雨川的分队是离开大部队行动，没有电话，也没有接到寻找炮团失踪人员的通知，直到第二天早晨，才派人把李刚送了回来，已经送到后方医院了。团卫生队的医生说，李刚患有躁狂症。

我的天哪，听完冯叶的话，我百感交集，一口气喝了两碗稀饭，一边喝稀饭还一边琢磨，躁狂症是种什么病？

几个月后我们了解到，躁狂症是一种情感病，容易被激怒产生冲动，攻击性很强，严重时还会出现幻觉、妄想、精神紧张等情况。

我一下子理解李刚了，这家伙为什么那么偏执，那么容易激动,原来是病人啊,他确实对乔雨川的呵斥耿耿于怀,一心要在乔雨川面前证明自己,所以才有了那样的举动。但是,他没有做出对乔雨川任何不恭的事情,战友这个概念,在他的心目中还是根深蒂固的,这让我们替他高兴。

吃过早饭,安排好警戒,我们分批走到那个名叫东岗瀑布的地方,脱光了衣服,痛痛快快地洗了个澡。

十三

两天后,我们回到了澜溪大桥以北地区,部队驻扎在北南北山圩农场休整。

不久,评功评奖开始了,团副政委尚斌到我们连队蹲点,动员会上,尚副政委讲,评功评奖是战斗的一个重要组成部分,我们这次打仗,作战对象曾经是我们的朋友,在抗法战争和抗美战争中,北南北和南北南的军队是"师生加兄弟"的关系,并肩战斗,我们还为南北南培养了不少军事人才。这次战争,老师教训学生,但是我们不要忘记了,我们的学生是在长期战争中成长起来的,未必就是不堪一击,所以我们要珍惜这个机会,认真评功评奖,认真总结战例,分析我们的对手,提高自身作战能力。

我们这才知道,我们打的这一仗,是教训,也是一次实际的检验。

评功评奖分为两个阶段,第一阶段是总结战例,每次战斗,各个班排在每个时间段所处的位置,每个人的任务,对方所处的位置,兵力、火力和机动情况等,大家回忆,集体论证。

总体来说,总结战例进行得比较顺利,情况都是明摆着的,有分歧也只是记忆出现了偏差,或者时间有误,或者地点不对,但是对于大的事实,没有太多的争议。到了评功评奖,就没有那么简单了,确实出现了争功的情况,好在,很少有人为个人争,争论最多的,是各单位——各炮以及保障人员在每次战斗中发挥的作用。

有一天,程于俊布置给我一个任务,要补写立功事迹——我是在火线立功的,澜溪战斗当天下午就宣布的,没有任何事迹材料。

这可把我难住了,在战场上,一直为自己是三等功臣而得意,根本没有想过,为什么会立三等功。那天晚上,我绞尽脑汁,也没有觉得我有什么可歌可泣的事迹,只不过比别人反应快一点儿,出的力比别人多一点儿,可是这些都是鸡毛蒜皮的事情,值得一提吗?

当然,在澜溪长形高地战斗中,副营长说,这小子还知道保护首长,我能把这句话写上去吗?有点儿不好意思,因为……那时候,我在往后一仰的时候,并不知道后面就是副营长,而是因为我要躲避前方的炮弹……我总不能把冯叶的那句话写上,我这小子就是走运吧。

写啊写,我写了一个上午,写出了一百多个字,又写了一个中午,把这一百个字又撕掉了。到了晚上,才找到感觉,我的文学素养再一次得到充分发挥,我把在澜溪战斗中,我看到的,听到的,做到的,每一个细节,凡是能想起来的,都写下来,写了一个流水账。

写完交上去后,我忐忑不安,我想别出什么事啊,立功当然光荣,可要是搞了个谎报成绩、美化个人,那就把人丢大了。

我的这个担心纯属多余,第二天听程于俊讲,指导员跟他讲,杜二三不仅在澜溪战斗中表现出色,用双脚完成了无线通信兵的任务,而且在此后的礜山战斗、景旺战斗中都有出色表现。据说有人——连长和指导员都认为,可以给我报二等功。

听了程于俊的传达,我吓了一跳。我说,那怎么可能?

我连一发炮弹也没有打,就……就二等功了?

程于俊说,冯叶就是因为瞽山战斗到师部指挥所去了一趟,就报了三等功,你也去了。在景旺战斗中,到观察所送饭,给首长留下深刻的印象,加上澜溪长形高地战斗那次,这三次,都符合三等功的基本条件,三乘以三等于二。你别想太多,评功评奖,不光是看杀伤多少敌人,要看综合表现。

我虽然频频点头,心里还是打鼓,我总感觉到,这个二等功过分了,不该得的得了,要倒霉的。

那个上午,阳光明媚,班长让冯叶带我训练无线电业务,出了农场,我们找到了一个安静的地方,冯叶说,仗都打完了,还训练啥?

我说,听说还要打,这只不过是预热。

冯叶说,哈哈,再打你们去打吧,我可不想打了。

北南北这地方是喀斯特地貌,山不大不高,直上直下,而在山圩农场一带,只有稀稀落落的十几座岩溶石山,散落在红土地上。这种地形对于电波阻隔不大,便于小功率电台通联。

冯叶估算了独立山峰的高差,把它命名为162高地,他跟我讲,以后再训练,我们就到162高地,这里安静,而且信号通畅。

我说,好,这里就算咱俩的根据地了。

冯叶很懒,他把密码本翻开,跟我讲了密码的基本原理,我很快就明白了。我说九九密码很简单,好比一本书,我记住了页数,就是第一个数字,记住了行数,就是第二个数字,记住了第几个字,就是第三个字。

冯叶说,啊,你小子聪明。但是九九密码由四个数字组成,还有一个是临时编组的,就是密码的顺序规律,那才是密码的灵魂,在战场上,随时变化。

我说,我当然知道。

很快,我就掌握了熟记密码的规律,根据上级下达的口令,从密码本里找到相应的字符,即是电文。只是,那个随时变化的编组顺序,我暂时还找不到规律,因为那是秘密,也是随机应变的。

我觉得冯叶很有学问,可是这么有学问的人,为什么没有考上大学,而是来当一个大头兵,并且没有提干,当然,我没有问。

休息的时候,冯叶拿出作业夹,让我欣赏他的素描画,我意外地发现,凡是我记忆深刻的印象,他都画了素描,譬如礜山战斗中的师指挥所;澜溪高地战斗近战,其中有个人很像一班的班长胡庆华。居然还有一张,是最近发生在般坎北长街的情景,不过,画面不在洞里,画上也没有出现我们,只有一个女人坐在木凳上哺乳,她的神态镇定安详,斑驳的阳光落在她的胸前,泛着金色的光芒。一个小女孩在她的脚边举着一块压缩饼干,快乐地放在嘴边。

我当然记得那个场面,完全不是冯叶画的情景。那个时候,我的眼前只有两种颜色,黑和白,黑的是女人的头发和脸,白的是她的牙齿。我要是冯叶,我就只画这两个颜色,足够了。

我看了很久,我说冯老兵,你画这个干什么?

冯叶笑笑说,记忆,记忆。

我说,你记这个干什么啊?

冯叶说,我高兴。

我说,你高兴什么?那天好紧张,也不知道我们做得对不对。

冯叶说,说你对你就对,说你不对你就不对。

我说,你说话干吗这么绕啊?

冯叶说,我听见你嗓子眼里的咕咚声。

我头皮一紧说,你说什么?

冯叶意味深长地一笑,过了一会儿才说,在极端的情况下,人和牲口的距离只隔着一层纸。我庆幸我没有当牲口,当然还有你,还有班长。我们都要感谢……感谢谁呢,这张画送你了,你先感谢我吧。

我看着画,问冯叶,你记忆中,那个女人就是这样的?

冯叶说,不是这样的是什么样的?

我说,你当然知道是什么样的。我在想,该是什么样子?

冯叶瞪着眼睛看着我说,啊,你还在想这个啊,思想意识有问题啊。

我咽了一下口水说,我跟你讲,在那个关键的时候,我当然明白班长是什么意思,可是,我还有另一个办法,不用脱也能证明她身上没有武器。

冯叶等着我,等待下文。

我说,跳舞。

冯叶说,什么?

我说,让她跳舞,让她跳芭蕾舞,转着圈子跳,金鸡独立跳,看看,既不用让她脱衣服,又能检查武器……

冯叶傻傻地看着我,半天才说,你这家伙,倒是很有想象力,跟我学画画吧。哎,你说,那个女人,她漂亮吗?

说实话,自从离开般坎,我几乎没有想过那个女人漂亮不漂亮的问题,我只是知道,她是一个女人,而且有可能是一个潜在的敌人——敌人,一个女敌人,说不上认识,但又确实相逢,这是一件很有意思的事情。如果,将来——假如还有将来的话,在某个时刻,某个地方,我和她,我们和她再次相逢,那才更有意思呢,会不会有这样的机会呢——我为我的胡思乱想感到不安。

但是,奇怪的事情发生了,我会经常想起这件事情,想起这个女人,还有我们在茶山见到的那几个俘虏。

总体来说,那个上午我还是愉快的,训练结束回到三号院,发现气氛不对,原来胡庆华已经被军区授予战斗英雄称号,团里、营里和连队都接到通知,为胡庆华开追悼会,正式的。

第二天上午,全连集合在三号院原农场的会议室里,哀乐响起,全体脱帽,向烈士默哀,三鞠躬。农场的职工听说我们连队出了个战斗英雄,也来参加追悼会,离开会场的时候,我看见几个女孩子哭得稀里哗啦。

没想到,仅仅过了两天,情况就发生了变化。

那天下午我们正在院子里听指导员讲政治课,一辆越野车驶进三号院,先从车上下来一个人,是尚副政委,接着后面的车门打开了,下来一个人,虽然消瘦,脸色苍白,但是还是有人马上认出来了,胡庆华!

老天爷啊,胡庆华没死,胡庆华回来了。

胡庆华的故事,可以写一本书。这里暂不多说。

胡庆华死而复生,给连队平添了几分喜庆。那几天农场送来很多东西,吃的穿的都有。三号院墙上的大喇叭,不厌其烦地播送歌曲——猪哇,羊啊,送到哪里去,送给那亲人解放军……

就是那天下午,发生一件事情,友邻部队一名战士从战场上捡了一把手枪,私藏不交,一直带到后方。那个星期天,私藏枪支的战士请假外出,其实是到山里打猎,误伤两名农民。

第二天天不亮,紧急集合的哨音吹响了,全体官兵集合在三号院里实施"点验"——搜查私藏的战利品。

把东西搬到三号院的空地上,我总体还是胸有成竹的。我当然没有私藏手枪,那次在般坎北长街的那个地洞里,我捡了一把木头做的玩具手枪,并经班长特许由我保管,就算"点验"中暴露了,也没有问题。

"点验"开始了,除了连队干部,还有团里来的参谋干事,全连包括连长和指导员在内,全部个人背包、可携带器材等物资散了一地,像摆杂货铺似的。

结果还好，没有在我们连队发现私藏的战利品，只有几本杂志，那是战后在县城买的。

在"点验"的过程中，我既担心我私藏的笔记本会被发现，更担心姚强。记得景旺木材厂吗？就是那天，我揣了一个笔记本，我一直怀疑姚强也揣了什么东西，可是问他八百遍他都没有承认，直到上个星期天，我们请假一起去县城，他一路打听照相馆。我再三盘问，他才吞吞吐吐地告诉我，他在木材厂揣在怀里的是照相机，照相机里有胶卷。当时，我确实比他心眼儿要多，我说你私藏战利品，已经犯了错误，你再拿到地方照相馆冲洗，那就是一错再错。

经我义正词严地劝说，姚强答应先不冲洗，但是他拒绝了我让他交公的建议。就在我犹豫不定要不要向上级汇报、怎么汇报这件事情的时候，出现了"点验"。我非常后悔，没有及时把姚强私藏照相机的事情向组织汇报。

至于我藏匿的笔记本，我心中有数，那不是什么财富，那样的笔记本我至少有十个。我只不过有点儿好奇，我想研究一下敌人的笔记本，应该不算什么大错。当然，也不能说没错，毕竟它不是我自己的东西。其实，我早就想过，在适当的时候向组织汇报，同样没有来得及。

"点验"到我的时候，由代理排长黄穆亲自下手，团里一名干部监督。黄穆命令我打开背包,打开小包,我所有的东西都暴露在光天化日之下,包括我的一个日记本,里面抄有《海燕》和我写给某位明星的一封未发出去的信。

终于,手枪从我的长筒胶鞋里被抖搂出来了,团里的干事吓了一跳,赶紧往后退了一步,其他人的脸色也变了。黄穆看看我,看看手枪,又看看我旁边的冯叶,冯叶微微仰着下巴,皮笑肉不笑的样子。黄穆蹲下去,把手枪捡起来,在手里掂了两下,举到眼前,研究了一番说,他妈的,还挺像,从哪里弄来的?

我说,路边捡的。

黄穆若有所思,点点头说,捡的,你真会捡东西。这玩意儿没收了,打开,把你的背包、胶鞋、挎包,重新打开,我再检查一遍。

黄穆检查得真细啊,恨得我牙根痒。我忍辱负重,只得将已经拾掇好的东西重新打开,故意把东西撒得满地都是。

黄穆检查完了,指指地上的电台说,打开。

我把电台打开了,我以为要我展示开机调频业务呢,不料黄穆又说,把电台取出来,解开护套。

我怔住了,看着黄穆,我的眼睛喷出了强烈的火焰,我的心脏剧烈地跳动,我在心里骂道,黄穆啊黄穆,你不就是一个代理排长吗?你还没有当上排长呢,老子没准儿还要立二等功,你干吗跟我过不去啊?你就不怕我将来报复你?

可是,想归想,我无法抗拒黄穆的命令。我缓缓地解开电台护套,我在心里想,看吧,就是一个笔记本,里面既没有手枪也没有钱财,这能算战利品吗?

终于,我把护套解开了,两手扯着护套的边缘,送到黄穆的面前。

奇怪啊,护套里面什么也没有,我的心里一阵狂喜,一阵纳闷。

我向黄穆冷笑一声,阴阳怪气地说,排长,看清楚了吧?

黄穆回我一个冷笑,接过护套,唰唰两下,将护套底部的夹层扯开,顿时……我傻眼了,我看见夹层里面掉出来一个书本,我差点儿晕了过去——笔记本也许并不重要,重要的是我私藏了这么久,还藏得这么严实,如果上纲上线,什么都有可能……

收起来吧。不知道从哪里传来一个声音,很平和。

我睁开眼睛,我的眼睛像被烫了一下,我看清了,那不是我私藏的笔记本,而是……是冯叶和我翻过多遍的九九密码本。

黄穆说,干吗要把密码本放在护套夹层啊?会受潮的。

我摇晃了一下,好不容易才站稳。

黄穆把电台护套扔给我,对团里的干事说,行了吧?

团里的干事点点头,二人转身到王晓的"铺面"去了。

评功评奖民主测评之前,有一天晚上站岗,是吴曾路带岗,按说带岗的是游动哨,但他一直留在哨位上,好像有什么话要跟我讲。我估计他是希望在民主测评的时候投他一票,那当然没有问题,我个人觉得,给他立二等功都不过分。

不料,他说出来的事,并不是为他自己,他问我,景旺送饭那次你还记得吧?

我说我当然记得,你带着电话机,在观察所转移之后,还能通过被复线找到路,你太有先见之明了,至少能评三等功。

吴曾路说,不,你不知道,带电话机,不是我的主意,而是曹侗壮。这小伙子聪明得很。

我说,吴班长你什么意思?我没有听曹侗壮说过是他的主意。

吴曾路说，确实是他的主意，就这个事迹，可以评三等功。

我明白了，吴曾路是想把自己的功劳让给曹佣壮，姑且不论动机，可是，这也不实事求是啊。

我说，吴班长，你们怎么评是你们的事，但是让我弄虚作假，我做不到。

吴曾路说，不是让你弄虚作假，就是让你对这件事情认可。

我说，如果没有人问我，我可以保持沉默。但是如果组织上向我了解，我只能……

吴曾路紧张地盯着我，连呼吸都停止了。

我说，我只能说我不知道。

吴曾路这才长长地出了一口气说，这样就行了，知情的就是我们三个人，你不知道，那就是我和曹佣壮说了算了。

后来，有线班就为曹佣壮上报了三等功的群众评议，主要事迹就是送饭那次建议带上电话机，从而保证在前观转移之后我们还能找到。

材料报上去之后，吴曾路又跟我谈了一次，说，杜二三，战场上的事，并不是每一件我们都知道，是吧？

我说,是的,我不知道。

吴曾路说,不知道就是实事求是。

战争真是一个大学校,连吴曾路这样被冯叶称为"闷驴"的人,仿佛都成了哲学家。

我一直不知道,万一组织上找我了解情况,我是说不知道呢还是说别的什么,很纠结。好在,没有人向我了解情况。

我想不通,吴曾路为什么要这样做,或许是曹侗壮求他这样做的——不,依我对曹侗壮的了解,曹侗壮不是把功名看得很重的人。也许是吴曾路自作主张,他在整个战斗期间,做过很多事,哪一件事都足以让他评上三等功,所以他就想把那份功劳让给曹侗壮。这样想,心里就不舒服,为吴曾路,也为曹侗壮。

半年以后,这件事情我才了解个大概,那又是一个既让人心酸又很温暖的故事。

后来的情况是,在民主测评之前,曹侗壮找到黄穆,否认了带电话机是他的建议。没想到,连队军人委员会民主测评的时候,曹侗壮得分依然很高,还是被评为三等功。

连队给黄穆报了二等功。黄穆的事迹很多,从澜溪长形高地战斗开始,到景旺战斗达到高峰,他完成一个连,后来是全营射击诸元以及炸点修正,据说,在景旺,郑副师长当场表示,黄穆可以直接担任团指挥连长。

程于俊、吴曾路和冯叶都是三等功。

民主测评之后不久,上级的通报就下来了,我们连队被授予"近战炮兵英雄连"称号。我个人呢,当然没有立上二等功。

在宣布立功受奖名单之后,黄穆受连队委托,郑重其事地找我谈了一次话,就我在过了澜溪大桥之后的种种错误和缺点做了一个全面的"清算"——澜溪长形高地战斗前擅自脱离车队,去扒拉手枪(套),差点儿被炸死;苍皋行军途中我举着手枪胡乱比画,丢了手枪,让全车承担被伏击的风险;景旺休整期间擅自搜查非指定搜查地点,私藏敌人笔记本;景旺休整期间私自骑自行车乱跑,几乎惊动全团……

黄穆说得平静,趾高气扬地看着我。

我惊呆了,这么说,黄穆早就知道我私藏了一个笔记本?可是……

黄穆说,杜二三,你很聪明,但是记住,不要在聪明人面前耍小聪明。好了,你的路还长,以后,要学会低调,向我学习,夹着尾巴做人。

那天晚上，我简直疯了，我有太多的不明白。

关于姚强的照相机（含胶卷）和胡庆华死而复生的故事，还有我这个笔记本飞来飞去的历程，以及冯叶、程于俊、吴曾路、曹侗壮……特别是那个名叫丛蓉的女军官——后来我再也没有见到她——每个人和每个故事都可以写一本书，我将在另外一个场合以另外的方式讲述，很有可能要从丛蓉的故事讲起。

作为结尾，我讲讲那个笔记本。

一年之后，我考上军区炮兵指挥学校，已经担任副连长的黄穆把这个笔记本还给了我。直到这时候我才知道，我藏匿的是一本战地日记，里面多是战例，有同法国人打仗时写的，也有同美国人打仗时写的，书写者应该不是一个人。

黄穆跟我讲，最后有几篇文字，记述的是我军陆军连营攻防战术特点，应该是最后保管这个笔记本的人写的，这个人是个大尉，名字叫陈志程。

我的脑子一热，差点儿就说出来了——我还隐瞒了一件事情，在般坎……可是，我最终没有说。

黄穆说，拿去吧，研究我们的对手，让自己更加强大起来，只有我们强大了，才能实现我们的和平理想。

我接过笔记本,向黄穆敬了一个礼,我说,副连长,相信我,我还会回来的,继续在你手下当兵。

在军校的日子里,我经常会想到我的连队,想到我们的指挥排,当然,也会想到那几张他乡的面孔。

记不得哪一天,我又翻开笔记本,突然感觉,笔记本好像比过去更厚了,仔细研究才发现,不是变厚了,而是蓬松了,塑料封皮起了一些凹凸。

我用手轻轻打开塑料封皮,发现套在塑封里面的硬纸有两层,打开夹层,我的手不禁抖了起来,原来是一张彩色照片——蓝天白云下面,一片墓地,画面上最近的一座,上面覆盖着芭蕉叶。一个女子,双手举着一个器皿,举过头顶,跪在墓地边上。

我不懂墓碑上的文字,但是从下面的一行阿拉伯数字可以看得出来,墓里的人卒于……我的眼皮不由自主地跳了一下——那一天,正是我们攻打澜溪长形高地的日子。

辑二 好汉楼

从公文写作到小说写作

1983年,《飞天》杂志第7期发表了我的第一个短篇小说《相识在早晨》,几乎与此同时,我由炮兵团"英雄炮兵连"排长调任师政治部群联科干事。

这两件事是我人生的重要转折点,特别是调师机关工作。按说我应该非常珍惜,可是,我却没有做好充分的思想准备,很快我就发现,我不适合做机关工作。

我所在的野战师,历史上被誉为"猛虎师",我入伍时是总参作战值班部队,后被赋予快速反应部队,也就是说,四面八方但凡需要,本部就可以以最快的速度到达。由此可见,师机关的运筹帷幄能力多么强大,机关干部们多么精明强干。司令部的参谋军事素质很高,协调组织行动密不透风;后勤部的助理员们对于军需、军械、军医和军事交通业务了然于心,几乎每个人都能独当一面。政治部干什么呢?在非战争时期,政治部干部的能力主要体现在写公文材料上。我们经常撰写的公文有教育大纲、经验总结、典型事迹、动员报告等。

我们科李升成科长个子不高,烟瘾很大,常常,一个重要的写材料任务布置下来之后,能从科长办公室的门缝下面看见不断飘出的烟雾——那就是科长浓密的思绪。科长理出思路后,召集全科坐在一起"推材料",从标题到分段提纲、观点、例证等,一一推敲,大家贡献智慧,形成初稿,然后再由科长修改。一份材料从酝酿到成文,往往要经过很多道工序,一稿、二稿、三稿甚至五稿、六稿,如果把它们全部集中起来,那就是一部内涵丰富的彩色思想史。

科长的办公桌上,通常放着一盒彩色的硬笔,黑红黄绿青蓝紫,科长在改稿的时候,目光深邃,思维清晰,嘴上的烟卷和手中的硬笔同时行动。科长笼罩在浓厚的烟雾里,思想的火花不断闪烁,稿子上彩色的线条和标注、符号层层叠加,密密麻麻。后来我曾经想,就是把世界上眼光最犀利的编校人员请到我们群联科,恐怕也很难辨认科长的思想轨迹,很难保证不出差错。但是我们可以,我们这些干事就像科长那样,面对泥泞不堪的稿件,捏着彩色硬笔,好比举着毛刷一遍一遍地洗刷稿件的瑕疵,最终让它脱颖而出,成为一篇干净利落、言简意赅、措辞准确、观点新鲜、事例生动、逻辑严谨的高质量"材料",有的登上《解放军报》或者内参,有的成为首长在大会上慷慨激昂的声音。

我很快发现,科长喜欢"推材料",机关干部们对此都是乐此不疲,沉浸在"推材料"的氛围里,大家似乎都很享受,唯独我不喜欢。我是被动地卷入"推材料"队伍的,我甚至排斥"推材料",只是因为工作,我不得不耐着性子、硬着头皮去和大家一起"推"。那时候我并未意识到这段"推材料"的经历对我以后当编辑、写小说产生的影响,那时候我热衷于写诗,写"大漠孤烟为什么直,长河落日不太圆",我的脑子里经常跳跃着"一江春水向东流"和"八千里路云和月",我在参加"推材料"的时候常常走神,眺望辽阔的戈壁和雄浑的远山,想象在那里构建一个特殊的空间,让自己的青春在金戈铁马的洪流中燃烧。

1984年春节后,我被借调到集团军政治部,还是"推材料",而且是要求更高的材料。对于我来说,这仍然是赶鸭子上架。虽然我被各级首长误认为是"笔杆子",但是对于"材料"这样的公文写作,我既提不起兴趣,也不想有所作为,以至于当时有位首长纳闷地说,说这小子平庸吧,他老是在报刊上发表文章;说这小子有才吧,写材料老是不着调,花里胡哨的。我在集团帮助工作的那段时间,很不开心,经常跑新乡市图书馆,读莎士比亚十四行诗和陀思妥耶夫斯基的小说,然后把一些优美的抒情词句加在公文材料里面,确实不伦不类。牵头"推材料"的处长不高兴,我更想离开他。

机会终于来了。这年7月,集团军组建侦察大队,通知机关干部志愿报名。我火急火燎地给所在师政治部首长打电话,要求参加。政治部首长喜出望外,大约考虑我曾经有过到前线执行重大任务的经历,也可能考虑到我在集团军写材料没有建树,很快就批准了我的请求。

任务来得急,我当即回到师政治部,回到机关干部单身宿舍,打点行装。印象很深的一件事情是,我们政治部秘书科有位管理员,名叫李大海,为人忠厚,低调简朴,他帮我洗被褥和蚊帐,帮我准备到前线的一应物资。一年后,我从前线回来,发现当初被我扔掉的一双破凉鞋,又被他修补好了,变得精美柔软。他拿着这双鞋说,新鞋好看,旧鞋舒服。兄弟,它在等你回来,它终于把你等回来了。

我愣了半晌,终于明白了,这老兄是用这样一种奇特的方式表达他对我的关怀。那双凉鞋,我又穿了好几年。

欢迎晚宴上,科长要我讲讲前线的故事,讲讲关于生死,讲讲关于勇敢与怯懦,我只简单地讲了一些经历和思考,很快就喜形于色地跟大家讲,我在前线写了六部中篇小说。我讲得津津乐道,讲得忘乎所以,全科的人都用奇怪的眼神看着我。

科长说,啊,原来你要求到前线去,是为了写小说啊,难怪……

一位老干事说,都什么时候了,你还想着写小说,你就没有想到,有一天你会牺牲?

我说,就是因为想到了我可能会牺牲,所以我才马不停蹄地写小说,我要赶在那颗子弹抵达我的脑门之前,为我的小说写一个好的结尾。

科长举起酒杯说,我明白了,在群联科写材料,确实不是你的理想,你带兵去吧,好好体验生活,我祝愿你早日当一个作家……我们师历史上就出现过一个作家,也许,你能成为第二个。

果然,这以后,我就到基层带兵了,几年后考入解放军艺术学院,正式摆脱了"推材料"的枯燥生活,开始了信马由缰的形象思维。

2024年春天,一次聚会上,几名战友聊起了我们的年轻时代,讲起了我们的"单身宿舍",讲起了当年凑在一起写材料的经历,唤起我的回忆,灵感喷涌。这才意识到,当年"推材料"对于语言文字的精雕细琢,在不知不觉中,已经注入我的血液当中,已经成为我使用这门工具的基本功。我要感谢那段生活经历,感谢我们当年的"推材料",感谢我的老科长和老同事,也包括李大海和那双旧凉鞋。

一个月后,我写下小说《好汉楼》,致敬我们的青春岁月。

好汉楼

谢谢您向我约稿!

我不是作家,但我是一个有文学情怀的人,我一直在做文学梦,从少年到如今。我深信,文学让人安静,文学让人年轻,文学让人清澈。我用我的笔在纸上歌唱,表达我对世界和生活的看法,表达我的感情和理想……好了,不浪费您的时间了,我先把这个故事讲给您听,您要是觉得有意思,我再把它整理出来交给您。

一

二十多年前,我在某部通信营二连炊事班工作,有一天副连长马莉找我谈话，说师政治部宣传科要一名打字员，物色到我头上来了。我一听，第一个反应是不敢相信，从炊事班到宣传科，这也太不靠谱了。

我问马副连长是不是跟我开玩笑，她眼睛一瞪说，我跟你开过玩笑吗？你要是没有特殊的事情需要处理，马上给我卷铺盖，吃了午饭就去报到。

这简直就是喜从天降，不过我还是有点儿纳闷。

我参军并不是自己的选择，而是我父亲的意思，他当过兵，只当了三年，最大的遗憾是没有当上军官。高考填志愿的时候，他强行要我报考军校，我倒是填了，可是那所军校没有录取我。我父亲一计不成，又生一计，在我大专毕业之前，他把我的成绩单送到县武装部，硬说我是当兵的料子。

父亲跟我讲，大学生士兵可以直接提干，这当然是真话，他想让我圆他的军官梦。可我知道他还有一层考虑。

我读大专的时候参加了文学社团，课余就戴着耳机听小说。那年暑假回家，父亲见我成天戴着耳机，非常不满，跟我讲，天天戴个助听器，难道你的耳朵有问题？

我跟父亲讲，我这是在听专业讲座呢，父亲将信将疑，最终还是把我送到部队了。没想到新兵集训之后，我被分配到炊事班,而且还不是大厨,主要职责是打杂。

到炊事班的第一天晚上,我给父亲打电话,告诉他我在炊事班揉馒头。他也愣住了,安慰我说,这是好事啊,天将降大任于斯人,必先苦其心志劳其筋骨……我说爸爸你别说了,赶快找关系给我换个位置吧,要不就让我提前复员,我恨死炊事班了。

好说歹说,父亲终于答应找关系,可是他哪有那么硬的关系呢,我们家在南方,离九道梁两千多里,父亲一个民营企业家,连部队的大门都进不了。

值得欣慰的是——啊,编辑同志,您笑什么,笑我说话文绉绉的?是的,我有这个毛病,讲话的时候爱用书面语,显得自己有文化。其实,这个毛病也有好处,我就是因为口语书面化,引起了副连长马莉的关注,她让我业余时间参加修订连史。很快我就对连史产生了兴趣。

我的文字功底不错,能够经常从历史资料里发现瑕疵,比如连史原稿里有"俘虏敌团长张立明一名",我就向副连长提出来,这是病句,张立明就是一个人,没有必要再加"一名"。再比如,"刘崇同志像猛虎下山一样扑向被炮弹炸断的电话线",我说那不可能,因为电话线是被冰雪覆盖的,刘崇同志只能一截一截地找出来,不可能"猛虎下山",

再说那时候他已经负伤了。诸如此类的发现还有很多,得到了马副连长的认可。也许正是这个原因,她推荐我到宣传科当打字员吧。

师机关大楼在营区中间位置,通信二连在营区东边,中间隔着两个小山包,两公里多一点儿。那天午饭我吃得心不在焉,草草了事,马副连长派我的同事、炊事班洗菜员陈秋,推着买菜的三轮车,送我到宣传科报到。

陈秋是我的好伙伴,我能够参加连队修订连史,让他羡慕得不得了。陈秋想当文书,他说他当了文书,复员后找女朋友就有身价了。

路上陈秋问我,你家里很有钱吧?

我说,我家就是一个开超市的,能有多少钱呢?现在生意不好做。

陈秋说,那你怎么能调到机关当打字员呢?听说还能直接提干呢。

我有点儿不高兴,想了一下才说,你以为我跟你一样啊,我是正经八百的大学生士兵啊,我怎么就不能到机关工作?再说,你认为关系是万能的吗?好好工作,争取早点儿当上文书。

我没有告诉陈秋,我其实就是个大专生,还是林木专业。

陈秋的脸灰了一阵,再也不言语了。山道弯弯,很快就到了,直到我扛上背囊,拎着网兜上了办公楼的台阶,他才慢悠悠地说,毕得富,星期天我来找你玩吧,我还没有进过办公大楼呢。

我转过身,居高临下地看着陈秋,腰杆顿时挺直了许多。我说好的,等我工作落实了,就给你打电话。

我三步并作两步上了办公楼台阶,回头一看,陈秋还站在那里。我心里说,拜拜陈秋,拜拜通信二连,拜拜炊事班,我老毕要到机关工作了,我再也不跟你们一起和面洗菜了。

我把东西放在办公楼一层的卫生间里,兴冲冲地上楼了。问清楚姚副科长的办公室,我轻手轻脚地走过去,心里一阵狂跳,突然紧张起来了,情不自禁地摸摸风纪扣,检查了鞋带。

这时候从一间办公室走出来一个上尉,见我杵在那里,朝我笑笑说,是毕得富吧,姚副科长在开会,让我等你,我来给你简单地介绍一下情况,然后你到好汉楼住下。

这是我到宣传科见到的第一个人,名字叫东南风,文化干事。我对他印象很好,他对我印象也不差,以后我走上写作的道路,同他也有关系。

运气来了,挡都挡不住,我不仅调到机关当上了打字员,而且住进了好汉楼,这比先前住在通信二连炊事班要强多了,虽然是同组织科的打字员毕然合住。

到了好汉楼,拿出东南风交给我的钥匙,打开门,看见屋里有两张床,墙壁和地面都很干净。卫生间一点儿异味也没有,不像我们通信二连炊事班,每天几遍冲洗,照样有刺鼻的尿臊味。我很庆幸有这么一个室友,同时也想到,我得注意点儿,往后多干活。

下午下班前,我回到办公室,姚副科长见到我很高兴。这才知道,宣传科原来的打字员刘牧参加集训了,结束后很有可能提干,他的工作由我顶替。

我一听这话明白了,原来我还不是正式的打字员。我马上就想到一个问题,如果刘牧提干不成,那我不是还得回通信二连炊事班吗？我琢磨要不要把这个疑问说出来,姚副科长像是看透了我的心思,哈哈一笑说,你安心工作,只要你表现好,就能留下来。

尽管姚副科长这么说了,我的心里还是不踏实,我估计,除了刘牧的亲人,最希望他顺利提干的就是我。

姚副科长带我到几个办公室,认识了宣传科全体军官,教育干事段金海、新闻干事方田园、文化干事东南风、内勤干事富金山。因为科长面临转业,姚副科长主持工作。姚副科长对我说,这是编制表上的职务,在工作中并不是严格按照编制履职,分工不分家,咱们基层宣传科,任何重要工作都要一起上,包括你们几个战士。

宣传科还有两个女兵,军人俱乐部的袁月和韩小涵,袁月是俱乐部主任,二期士官。到机关食堂吃饭的时候就见到她们了,不过没有怎么说话,只打了个招呼。

当天晚上,回到好汉楼三层,走到门口一看,里面有个瘦高个子士兵,正在愁眉苦脸地看着我的床铺。我犹豫了一下,敲了敲门,里面的人似乎吃了一惊,转过脸来,盯着我足足看了两秒半钟,拉着脸问我,你是怎么弄到钥匙的?

他的脸本来就长,往下一拉就更长了,让我很快就联想到木瓜。

我说,是东南风干事给我的。怎么,您不知道?

高个子士兵说,我才安静了两个晚上……他们也太不尊重人了,说都没有跟我说一声。你贵姓?

我立正回答,毕得富,完毕的毕,得到的得,富裕的富。

他的眉头皱了皱,但是很快脸上就松弛下来了,啊,这么巧,我也姓毕,毕业的毕,然后的然。

我趁机套近乎说，那我们就是兄弟了，我知道你比我早两年入伍，我叫你毕哥吧。

他冲我一挥手说，进来吧，千年修得同船渡，进了一个门，就是一家人……不过，你不能喊我毕哥，我们部队，相互之间称呼职务。

我进去了，刚要坐下去，他咋呼一声，不要坐床，条令规定，非休息时间，只能坐这个。他一本正经地说完，弯腰伸出一条腿，从我的床下踢出一个小马扎，一直踢到我的面前说，非休息时间坐这个。

屋里只有一个简易的写字台和一把椅子。我当然明白，他的这个举动其实就是下马威，他不想让我坐那把椅子，而且不仅是今天晚上，只要我今天没有坐上，那么就意味着，在此后的岁月里，我就不能享用那张写字台和那把椅子，还有他床边的那个白色书柜。

我盯着他，同时用眼角的余光打量我们的集体宿舍，二十多平方米，因为家具少，显得空空荡荡。我心想，看来我得自己想办法弄到一张写字台和一把椅子，还有书柜。可是我到哪里去弄呢？

我没有坐那个马扎，因为毕然已经坐在椅子上了，仰着他的木瓜脸，就像从高空俯瞰我。

我坚持站着，不让他俯瞰。

他似乎捕捉到了我的对立情绪，没话找话地说，你睡觉打呼噜吗？

我说，我打不打呼噜，我自己怎么知道？我要是打呼噜把你吵醒了，你就把臭袜子捂在我嘴上。

他嘿嘿一笑说，哪能呢，我是怕我打呼噜，影响你休息。

我说，我不怕，我要是困了，外面打雷都听不见。

三言两语，我和毕然就算熟络起来，他告诉我，他也是大学生士兵。毕然说，只差二百二十三分，我就能读清华北大了。

我的心里一阵冷笑，但是我嘴上说，啊，那你怎么还来当兵啊？

他说，尽义务啊，适龄青年应征入伍，是每个公民应尽的义务。我跟你讲，现在，大学生入伍是流行风，我们"长虹师"今年有三百名大学生士兵，调到机关工作的有十二个，已经有五个参加集训了，运气好的话，至少能提起来三个。你小子命不错，才当半年兵就到师政治部了。

我突然听到他发出的一声轻微的叹息，好像叹息他的运气不好似的。

我终于坐到小马扎上,我得缓和我们的关系,居高临下就居高临下吧,谁让人家是老兵呢。

虽然姚副科长说,只要表现好,就可以留下来,但我总是不放心。什么叫表现好呢,万一哪里出了差错,我难道还要回通信二连炊事班?我对提干兴趣不大,但也不是没有,如果让我选择,是提干还是回到通信二连炊事班工作,我还是选择前者。

我把我的担心告诉毕然,请他指点迷津。他哈哈一笑说,你放心,刘牧啊,他回不来了。

说完这话,他的手臂抬起来,手心向下,在胸前往下一按,好像按在谁的脑袋上。

我觉得他话里有话,问他,啊,他为什么回不来了?

毕然看着我说,他是因为思想意识有问题,被赶出宣传科的。最后这句话,他几乎是用一字一顿的口吻说出来的。

我说,什么叫思想意识有问题?是不是小偷小摸啊?

毕然说,这个你都不懂?思想意识有问题嘛,就是,就是脑子有问题,他偷看女人洗澡。

我吓了一跳,说,那怎么还让他参加集训呢?这样的人,能提干吗?

他笑了,集训,谁跟你讲的?那是你们姚副科长编造的,给他留个面子,住进集训队,实际上就是等待复员。

虽然毕然这么说了,我还是不太相信,我甚至看到毕然讲起刘牧的时候,眼神有点儿不对,目光空洞。好像他不是在跟我讲话,而是在同操场那边的山头讲话。就凭这,我判断出来,毕然同刘牧的关系肯定一般,他不喜欢刘牧,可能刘牧也不喜欢他。

那个晚上我没有睡好。

宿舍在好汉楼三层,毕然的床铺在里面,写字台对着窗户,西面是一个山坡,通向远望阁。熄灯号响了之后,从窗户往外看去,黑咕隆咚的。我很想到远望阁坐一会儿,但是我不能轻举妄动。

毕然好像也没有很快入睡,翻来覆去的,偶尔还克制地咳嗽两声。躺在铺上,我想象原先睡在这个铺上的刘牧,到底是个什么样的人。从刘牧的身上,我又想象,住在四楼的袁月和韩小涵、套间里的姚副科长、二楼的东南风干事和方田园干事……这六十多个房间里的人,这会儿都在干什么呢?在这个黑漆漆的夜晚,我感觉自己就像一个蝙蝠,飞翔在一个陌生的世界里。

到了半夜,我被自己的一声呼噜惊醒了,接着我就听见毕然发出了一声叹息。我的天哪,他还没有睡着,他在想什么呢?难道他还在想刘牧的事情?

二

几天之后,我就能正常睡眠了,白天到宣传科忙这忙那,不仅要打字,还要打扫卫生,给姚副科长和干事们跑腿送信,取报纸取信件,一天下来,腰酸背痛,我已经顾不上当蝙蝠了。

有个星期天,陈秋来了,还给我带来了一挎包蒸馒头。我们连队的馒头好吃,在全师都有名。我问陈秋有没有当上文书,陈秋说,还没有,但是快了,上面要连队上报"四朵金花"的事迹材料,马副连长让他帮文书整理。

我吃了一惊,啊,那你不是副文书了吗?你会写吗?

陈秋红着脸说,我怎么不会写,我也是高中毕业啊,你这么看不起我?

我马上意识到自己的问题,有点儿自高自大,联想到毕然对我的态度,觉得自己也不是个东西。我对陈秋说,我带你去看办公楼。

陈秋赌气地说,不看了,没准儿哪天我也会到办公楼工作呢。

我说，是我不好，其实就是开玩笑，我知道你很用功，有空就到连队荣誉室抄东西，你不仅可以当副文书，还可以当文书。以后，没准儿还可以领导我呢。

陈秋单纯，经不住我甜言蜜语，很快就跟我到办公楼参观去了。

这件事情对于别人来说算不了什么，但是对我而言，还是有意义的。从陈秋对我的态度上，我认识到，尊重是互相的。无论从哪个角度讲，我都得跟毕然搞好关系，何况他嘴里有那么多故事，真真假假的，都很有趣。

在毕然给我讲的故事当中，我最感兴趣的是关于好汉楼的，毕然几乎熟悉这幢楼里六十多个房间所有的主人，甚至知道他们的秘密。那时候我听毕然讲这些故事，并没有意识到它们将成为我的财富，我觉得毕然有点儿卖弄。

毕然确实爱卖弄，有一次他一不小心讲漏嘴了，说军人俱乐部女士官袁月对他有意思。我没有看出袁月对毕然有意思，但是毕然经常念叨袁月，给我的感觉，其实是他对袁月有意思。可是有意思也白搭，条令规定，士兵服役期间不允许在内部找对象。

毕然跟我说过，相互之间要称呼职务，可是他有什么职务呢？挖空心思，我想到了一个职务，班长，这是机关新兵对老兵的流行称呼。

我第一次喊毕然班长，他没有一点儿心理障碍，不假思索就答应了，这当然也从此确定了我们之间的领导与被领导关系。在我没有找到写字台、书柜和椅子之前，他跟我讲，这些东西是咱俩的，你需要，也可以用。

我还算识趣，和毕然同时在屋的时候，我尽量避免使用那几样家具。

我当上打字员之后，接手的第一项工作，是打印《新战法训练政治教育纲要》，连续几个夜晚，宣传科都在加班推材料。什么叫推材料呢，就是集体讨论，政治部王副主任讲任务，姚副科长讲思路，方田园和东南风凑素材，大家一起提炼观点和设计结构，形成初案。我的任务不光是记录，还要整理打印，第二天再讨论。

那时候我们还把电脑叫微机，其实到了我手里，就是打字机，因为不让上网，也没有网可上。

推了几次材料，我就发现，写材料方田园是一把好手，他每次发言，都会得到姚副科长的肯定。比如他讲，什么是新战法，就是区别于常规战争的战法，战争模式不一样了，战争手段不一样了，思想教育当然也就不能按老套路来，要与时俱进。

姚副科长说,很好,就把这个作为第一条,新战法训练中的思想教育要与时俱进。

然后方干事又讲,不管是什么战法,不管是冷兵器时代还是火器时代,哪怕是信息时代,说到底,人的因素是第一位的,只要有人,什么人间奇迹都能创造,所以思想教育首先要解决人的认识问题,克服经验主义。

姚副科长接着就说,好,思想教育要注重发挥人的主观能动性。

我还发现,东南风不怎么发言,发言也是忧心忡忡的。我记得他讲,不管是什么战法,都要切合部队实际,不鼓励放卫星。根据我掌握的情况,新战法训练以来,有些部队过于激进,自己发明创造。比如,有个连队为了延伸兵器射程,搞什么子弹加热器,让子弹飞;再比如,有个步兵连队尝试用机枪拦截巡航导弹,这简直就是异想天开;还有个连队训练攀登,研制翼伞飞行器,号称空中垂直打击,这些搞法很危险,要及时喊停。

姚副科长沉思道,打仗嘛,本身就是冒险,现在新战法训练方兴未艾,士气可鼓不可泄。

方田园说,新战法,总要有些新举措,机枪打巡航导弹也是可能的,战争年代,我们"长虹师"就有机枪打飞机的先例。

姚副科长说,打飞机和拦截巡航导弹是两回事……不过,东干事讲得有道理,我们搞教育,就是要把问题想得更细一点。加一条,新战法训练要讲科学。

他们每次讨论,我都像兔子一样支着耳朵,耳听脑想手记,我不仅能够胜任本职工作,还学到很多新名词、新思路。我不算太聪明,也不傻,我知道,我当打字员,不仅脱离了炊事班,而且来到了一所学校。有时候暗想,倘若真能提干,我就留在宣传科当干事。上帝给我一条路,我得把它走好,在宣传科待久了,没准儿真能成为一个作家呢。

编辑同志,您是不是觉得我痴人说梦?是的,那时候我确实感觉曙光在前,雄心壮志蠢蠢欲动。谁没有年轻的时候呢?谁没有梦想呢?

袁月和韩小涵的办公地点在大礼堂,人住在好汉楼四楼楼道偏西的一间宿舍,早晨出操的时候能够看见她们的身影。袁月的个子高高的,脸盘也大。出操跑步,她和韩小涵在勤务班后尾。袁月通常能跟上队伍,胖乎乎的韩小涵则有点儿吃力。我喜欢看出操中的女兵,脸蛋红扑扑的,脑门上汗涔涔的,用文学的语言表达,朝气蓬勃。这不算思想意识不好吧。

经过一番侦察,得到情报,政治部仓库里有一些废弃的办公桌椅,我跟姚副科长汇报,姚副科长说,怪我忽视了,我给你写个条子,你去找陶管理员,按需申领。

我喜出望外,捏着姚副科长写的条子,跑去找管理员,管理员看了一眼,抖抖条子说,姚副科长,小姚啊,他不还是副科长吗,他哪有权力批这个条子,只有科长才有权力。

我说,我们宣传科是姚副科长主持工作啊。

管理员说,那不行,这是规定,我这里只认规定,懂吗小伙子。

又说,不是王副主任分管宣传科吗?王副主任的批示更管用。

我气不打一处来,回到办公楼,想去向姚副科长告状,又觉得不合适。就在我犹豫的当口,东干事从办公室看到我了,问我干什么,我把事情讲了。东干事皱着眉头说,就那么几张破桌子椅子,还要惊动王副主任?这个老陶,拿个鸡毛当令箭。你等着啊。

东南风说完,找出一张白纸,把它裁成四块,摞在一起,提起笔来,蹙眉想了一阵,右手在纸的上方比画了一下,然后唰唰唰地写了几个字:拨给毕得富办公桌椅各一张……

东干事停下笔,抬头问我,还要什么?

我说,书柜。

东干事唰唰又写了几个字,在下方签上几个字:王见贤,然后是时间。

等我拿起条子走到门口,东干事又说,这件事情就不要跟姚副科长说了,他听了会不高兴。

路上我打开条子,发现东干事的字和王副主任的字还真有点儿像,也许是因为见的多了。不过我又有点儿犹豫,东干事模仿王副主任的笔迹批条子,要是被发现怎么办?

想来想去,我还是决定去找陶管理员,要是我不去,东干事知道了也会不高兴。去吧,东干事敢这么做,我也敢这么做。

我到机关食堂旁边的平房办公室,把条子交给陶管理员,他只在眼前晃了一下,压根儿就没细看,在条子右下角写了几个字,往我手里一塞说,到大礼堂找韩小涵,把条子交给她。

我只好转到大礼堂,在军人俱乐部办公室找到韩小涵。

那当口袁月正忙着,对我笑笑说,适应了吧?

我说,当个打字员,有什么不适应的?

袁月说,毕然对你还好吧?

我说,很好啊,他一肚子故事。

袁月抬头看看我,笑笑,不说话了,埋头画她的画。

韩小涵接过条子看看,扑哧一笑说,就几件破家具,值得这么兴师动众吗?还遵照王副主任的指示,搞得像公文。

我说,这就是机关作风。

韩小涵说,不是机关作风,是陶管理员的作风,他以为他是笔杆子……你等一下啊,我把手上的事情处理一下。

我说好。这时候才注意到,大厅里挂着一组素描画,这想必就是袁月的作品了,看样子是幻灯片草稿,科里布置的任务,用于对部队进行保密教育。

我说,袁班长太厉害了,早就听说你有才,没想到这么有才。

袁月向我一笑说,这算什么,基础活儿。

韩小涵忙完了,朝我一摆脑袋说,下楼,在地下室呢。

跟袁月打了招呼,走到后台大厅,我问韩小涵,袁月有这么一门手艺,为什么要当兵呢?

韩小涵说,袁月是美术学院的学生啊,当兵是为了锻炼。调到机关的战士,都有特长。

我问,你的特长是什么?

韩小涵一愣说,我……我没有什么特长。说完朝我看了一眼,又说,怎么,你不知道我有什么特长?

我吃了一惊,看着韩小涵,一拍脑门说,啊,哦,我想起来了,你会写字,书法家。

韩小涵得意地笑了说,书法家那谈不上,不过,我练字可是有童子功的。

韩小涵说得那么自信,那么自得。我不禁对她多看一眼,又看一眼。我发现这个胖乎乎、爱说爱笑的女孩子,比我第一次见到她的时候,好看多了。

韩小涵问我,你调机关之前是做什么的?

我老老实实回答,在通信二连炊事班,负责使用馒头机,我本来还想研发切馒头机,可是还没有等我研发出来,上面配发了,我连切馒头都不用了。

韩小涵嘎嘎地笑起来,笑了两声又不笑了,说,别笑话我啊,我笑点低。

我说,哪能呢,我想笑都笑不好,再说,你笑起来很好看,牙齿很白,脸上有光。

韩小涵啊了一声,不知道她是很受用,还是不好意思,冲我一甩脑袋说,注意脚下。

这段路还很长,从大礼堂后台绕到进门右侧,再下阶梯,下了一段阶梯,又下了两段。动动脑子我就明白了,从前面看,地下室是半层,从后面看,是一层半,因为后墙靠山,还有半扇窗户。

半明半暗中,总算到地方了,眼前出现一个既拥挤又空旷的大房间。阳光从枝叶的缝隙里斜斜地落下来,铺了一地铜钱似的图案。似乎在一种奇特的光晕里,我看见墙上靠着几面旗帜,旗帜旁边还有几幅书法作品,正楷、行书、隶书都有。

我问韩小涵,这是你写的?

韩小涵故作矜持地说,练字用的。

我说,练字都比我写的好看。

韩小涵指着一堆横七竖八的旧家具说,挑吧,挑什么都行。这根本就是破烂儿。

我一看,不禁倒吸一口冷气,这哪叫家具啊,不是缺胳膊就是少腿,稍微好一点儿的还油漆脱落。我费了很大劲,才找够我要的东西,而且,我没要那个看起来更洋气的书柜,只是选了一个小三层的书架,可以放在写字台上的那种——我本能地意识到,我不能跟毕然有一样的书柜,我的东西最好比他的东西矮一头。意外的惊喜是,我看见墙角有两桶白漆,问韩小涵,我可不可以拿走?

韩小涵说,拿吧,这里的东西,你想拿什么就拿什么。包括我本人……

我还没有明白怎么回事,韩小涵的表情突然僵硬了,她的眼睛闪烁着局促,你,你可别误会啊,我是说,包括我本人的……那些……它们算是书法作品呢,还是草稿。

我本来没有多想,她这么一解释,反而让我多想了。我这才注意到,我们两个人已经单独相处十多分钟了。

韩小涵说,可以啦,走吧。

我说,好吧,你的练字稿,我能不能选几张?

韩小涵说,可以啊,不过,最好不让别人看见。

出了大礼堂的门,跟韩小涵分手的时候,我问,大礼堂的地下室这么大,它跟办公楼和好汉楼是不是通着的啊?是不是防空工事啊?

韩小涵说,我哪里知道,没准还是军事秘密呢,你可别乱问啊。

回来的路上,回味我和韩小涵的对话,觉得很有意思。她为什么说到"包括我本人"这句话之后突然紧张了,那不是她的问题,而是我的问题。我跟您说过,我这个人对于语言文字,是非常敏感的,我能够在一句话落地不到半秒钟的时候,捕捉到这句话的弦外之音,听出它的深层意蕴。一定是我在听到这句话的时候,脸上流露诧异的表情,把韩小涵吓住了,她才意识到这句话不妥——其实没啥,用曹丽的话说,走神而已。

那天下班,在食堂吃过晚饭,我找了一辆三轮车,上面装着我挑选的几件办公家具,到通信二连找到陈秋,请他帮忙找人修理。陈秋一口答应说,通信二连能工巧匠多的是,这个周末,我就把它送去。

回到宿舍,我故意跟毕然说,原来袁月会画画,难怪机关首长都喜欢她。

毕然问我,你喜欢她吗?

我说,我当然喜欢,不过,不是那种喜欢,我觉得她挺阳光的。

毕然说,这次选拔大学生士兵集训,分给师政治部一个名额,政治部党委本来要推荐袁月,但是袁月不想参加,她想年底复员,家里已经给她找好工作了,在一所美术培训班当教师,据说收入很高。

我说,你是怎么知道的?

毕然说,我?我什么不知道,这个好汉楼里的事情,没有我不知道的。我跟你讲,袁月推荐的是我,可是,那些官僚主义推荐了刘牧,刘牧……哈哈,这下好,刘牧打了他们的脸,等着瞧!

我说,袁月只是一个士官,她有什么资格推荐你?她推荐也不管用啊。

毕然盯着我,看了一阵,看得我发毛,好像他对我的话非常不满。毕然说,那她也推荐我,她的心里有我。

那一瞬间,我似乎明白了一些事情,我看着毕然,发现他在走神,他的目光似乎落在我的头顶上,念念有词,好像在发表宣言——天涯何处无芳草,青山处处埋忠骨……前不见古人,后不见来者,念天地之悠悠……

这次真是把我吓住了,我说,班长,班长,你怎么啦?

毕然好像也被我吓住了,他回过神来看着我,半天才说,怎么,没有怎么啊,我在……我在背诗呢。

就从这天开始,我怀疑毕然神经有问题。好像听谁说过,在好汉楼住久了,脑子多少都会有点问题,好汉楼是一座"魔宫"。

三

星期六上午,毕然出门办事,我倒休,聚精会神地睡了一觉,起床洗漱完毕,想找一本书看。我走到毕然的书柜前面浏览,居然发现里面有不少文学书籍,其中还有一本《红色骑兵军》,作者是巴别尔。

我吃了一惊,难道毕然和我一样,也是个文学青年?

我打开那本书,翻了几页,看得不是太明白,进一步浏览发现,三层书柜的最底层有一本军队文艺杂志,我把它抽出来,很快就被一个标题吸引住了,《每天都是春天》——

> 目光从眼前的山坳掠过,我看见千沟万壑,那里面藏着年轻的躯体,一旦响起起床号,山谷里就生长出绿色的森林,同正在前来的春天会合。夏天和秋天的傍晚,站在制高点上眺望,往西是太行山、大巴山、秦岭,再往西是昆仑山,会看到大漠孤烟长河落日,穹庐之下,群山之中,簇拥着无数个城市和村庄……看着流金溢彩的晚霞,心中顿时生出金戈铁马的雄壮和辽阔……

我到机关半个多月了,也去过远望阁,两次都是下午下班后,吃了晚饭去散步。有次看见东干事坐在远望阁的长条椅子上发呆,还有一次看见司令部胡参谋在那里转圈。

编辑同志,现在我大致向您介绍一下我们部队的地理情况。师部所在的九道梁,在太行山东侧,多种地貌千变万化。我们所在的好汉楼海拔并不高,远望阁也只有八百多米高程,但是向西看去,还是居高临下,因为西边的山峦相对平缓,十几里外的山脊线都处在视野之下。那片苍茫的山谷里,确实藏着金戈铁马,除了师直几个营,我们"长虹师"的三个步兵团和装甲团、地炮团、防空团,一万多兵员的主力部队都静悄悄地蛰伏在那里——虽然山谷里经常龙腾虎跃,但是在师部的远望阁看来,那里永远是不动声色的。

我快速地把那篇文章读完了,这才回过头来找作者。署名是"西北望",估计是笔名。

您知道的,我对于语言文字,比较敏感,我从这篇文章里嗅出了亲切的气息,嗅出了好汉楼和远望阁的味道。可他是谁呢?难道是毕然?我很快就否定了这个想法,以我对毕然的了解,他那样的胸襟,写不出这个境界。那么到底是谁呢?这幢楼里,不仅政治部的干事们是笔杆子,司令部、后勤部和装备部的单身汉们,都是从基层部队优中选优的。会不会是东南风呢,或者是侦察科那个谁都不理的胡彪？

我决定跟自己玩一个游戏，暂时不去打听这篇文章的作者是谁，等我把好汉楼里的人头都混熟了，我一定能认出他。

正这么想着，电话分机响了，姚副科长让我马上到办公楼去一趟。

我看着手里的杂志，有点儿走神，这篇文章我至少还要看一遍。怎么办呢？我把它放在一排书的最里面，然后拿出紧急集合的速度出门，十分钟后上了办公楼。

走到姚副科长办公室门外，我看见一个女兵端坐在办公桌的一侧，手里拿着一个袖珍笔记本，比巴掌大不了多少。我喊报告之前，她没有记录，好像正在聆听。

姚副科长向我招招手，女兵连忙站了起来，很标准地向右一转，然后保持立正姿势，正要给我敬礼，突然又把右臂停在胸前——因为在那一瞬间，她看见了我肩膀上的上等兵军衔标志，而她是中尉。

我也不知所措，并且下意识地把右臂抬起来了，准备还礼。可是她没有继续，我怎么办呢？再放下去显然不合适，我只好顺水推舟地先给她敬了一个礼，她也将计就计地给我还了一个礼。我发现她的军礼还算标准，显然训练有素。

谢谢您编辑同志,您说这个细节很重要,可能是故事的起点,我同意。但是我当时并没有注意到这一点。我当时有点儿小心眼儿,这个女孩由主动敬礼变成被动还礼的举动,让我感到很不舒服。好的好的,我马上讲那天接着发生的事情。

那天那时,姚副科长没有在意这刹那间的状况,收起面前的材料,站起身说,小毕,来,介绍一下,卓敏同志,咱们科新来的干事。你带卓干事到好汉楼安顿下来,下午看看东干事有没有时间,带她到营区走走,熟悉一下情况。

我立正回答,是。

姚副科长又说,如果东干事没有时间,你就陪卓干事转转,今天师史馆开不开门?

我说,今天是星期六,师史馆可能没有开门,一会儿我带卓干事看看营区。

姚副科长说,好,那就交给你了。卓敏啊,先休息,明天上班我就安排,东干事先带你一段时间。

从办公楼到好汉楼,有一段将近二百米的山路,穿过一个拱形圆门,路面倒是平缓,还铺着石阶。我背着卓敏的背囊在前,她自己拎着网兜在后,网兜里装着脸盆洗衣粉什么的。我始终没有认真地看她,印象里长得不算漂亮,也不算丑,一般人吧。

上山之前,她突然在后面喊了一声,立定。

我吃了一惊,脚后跟不由自主地并在一起。

卓敏看着远处说,啊,我们的"长虹师",就在这里,啊,那边是什么?

我当时没有明白卓敏为什么突然给我下达立定的口令,很快就明白了,她一边说话,一边把她手里的网兜往我面前一扬说,拿着……

我的心里一百个不情愿,一百个不满意,可是我的手二话不说就把网兜接过来了。

我说,那边是军官训练中心。

卓敏感叹道,啊,好巍峨啊。在城里,像这样的建筑根本不起眼,可是在半山坡上,就像城堡似的。

巍峨?我心里好笑,这个学生娃,会不会用形容词?

再往上走,我就不想说话了,肩上背着背囊,手里拎着网兜,心里揣着屈辱。我想到了一个问题,这个卓敏,一定是大官人家的孩子,否则不会一毕业就分配在本师政治部宣传科,也不可能一来就住进了好汉楼。看她那副青涩的样子,可能年龄还没有我大,离开姚副科长办公室,她就给我摆谱。

拐了一个弯,就看到拱形圆门了,圆门上方嵌着一个长方形木牌,赫然写着"好汉楼"三个字。卓敏停住脚步,认真打量圆门,突然笑了起来,啊,好汉楼,我住进好汉楼了,那我也是好汉了。

我没有接茬,我还在琢磨姚副科长的话,要让东干事带她一段时间,这是什么意思,难道还要给她配一个保姆?很快我又想到了另外一个问题,毕然说东南风最近失恋了,眼圈越来越黑了。我也发现东干事瘦了,加班推材料总是萎靡不振,有一次他给王副主任送材料,居然把他女朋友写给他的绝交信送去了,害得王副主任很紧张,以为他是闹情绪要转业呢。

姚副科长为什么让东干事带卓敏,还安排她同东干事一个办公室,难道……难道是姚副科长体恤东干事单身,又不想让他转业,特意给他发了一份福利?

说话间就到了好汉楼门前。好汉楼依山而建,坐西朝东。此时太阳已近正午,阳光落在楼前的山坳里,在零星的营区顶上现出扑朔迷离的光晕。

就要进楼的时候,方田园从一楼的楼梯口走出来收衣服,看见来了一个女中尉,半张着嘴巴,用探询的目光越过卓敏投向我。我怕他误会,赶紧上前一步报告,方干事,这是咱们科新来的,卓敏卓干事。又对卓敏说,这是方田园干事。

卓敏啪的一个立正,向方田园敬了一个礼,恭恭敬敬地说,方干事好,卓敏前来报到。

方田园这才眨巴眨巴眼睛,说,啊,是新同事啊,不必客气,不必客气。小毕,你把卓干事往哪里带?

我说,好汉楼啊,卓干事住在好汉楼,袁月旁边那间。

方田园愣了一下,马上满脸堆笑说,哦,是这样啊,那好,以后……以后……咱们就是邻居了。有什么需要帮忙的,你说一声。

卓敏说,好啊,教我写新闻啊,我是来拜师学艺的。

方田园说,不客气不客气,我们互相帮助……互通有无吧。

我们还没有上楼,东南风从好汉楼的另一端出现了,我照例介绍他们认识,我发现卓敏的脸上闪烁着惊喜,对东南风说,前辈,早就知道您的大名了,我看过您写的文章,姚副科长让我好好地向您学习,我真幸运啊,来了就遇到您这样的前辈……

我看到东南风的脸上闪过一丝不易觉察的别扭,同时看见方田园的脸上也闪过一丝不易觉察的别扭。心想,卓敏为什么称呼东南风"前辈"呢,难道东南风比方田园长相更老吗?

我把卓敏带到四楼,在袁月和韩小涵的隔壁安顿下来,出门后路过袁月宿舍的窗前,用眼角的余光往里瞟了一眼,什么也没有看见。

回到三楼自己的宿舍时,毕然已经回来了,见到我就说,你们科来了个女干部?

我说,是的,好像刚从政治学院毕业。

毕然说,她漂亮吗?

我说,漂亮?我没在意,身材挺苗条的,就是学生腔太浓。

毕然笑笑说,你小子还很有城府。

我说,她是军官,我没敢正眼看她。

毕然看了我一眼,突然提高嗓门说,太不公平了,她是大学生,我们也是大学生,为什么她一毕业就是军官,就能住上单间?可是,我们两个人住在一起,我不仅要听你打呼噜,还要……他不说了。

我说,她是军校大学生,我们是地方生,不一样啊。再说,你不是还有机会吗?

狗屁！毕然恨恨地说，没有机会了。

那天毕然似乎很激动，说话东一榔头西一棒子。我对他的激动不以为然，在他慷慨激昂的当口，我的目光不时滑向他的书柜，我还惦记那本军队文艺杂志，我琢磨着要不要问问他，那篇《每天都是春天》的文章作者是谁，但是最终没问，我决定把那个游戏玩到底。

下午，趁毕然外出，我又悄悄地走到书柜前，顺手抽出了那本杂志，可是翻开之后，那篇文章不见了。我又从头至尾翻了几遍，还是没有。难道有人把它撕了，难道是我看错了，难道压根儿就没有那么一篇文章，难道我的精神出了问题？不管答案是哪一个，都很吓人。

我把杂志重新放回书柜，坐在椅子上，心里怦怦乱跳。这个好汉楼，真是个"魔宫"啊，怎么连我都出现了幻觉……

我掐掐自己的大腿，一遍一遍地回忆那篇文章的文字，得出结论，我没有失常，我清醒得很，否则，我的脑子里不会蹦出那么美妙的文字。

突然，一个念头闯进我的心里，怎么不会？我的脑子为什么就不能产生奇思妙想？中学时代我就读过《悲惨世界》和《复活》，我写的文章还刊发在林木学院的《江花》杂志上。世界上有那么多伟大的作家，有的就是在精神失常的状态下写作的,他们自己都不知道他们有那么大的潜力。难道,我也遇上了,我的天目也开了?如果让我选择,我宁愿选择当一个在精神错乱的状态下潜力被发掘、天目被打开的疯子。

正这么想着,毕然回来了,扛着脑袋,举着眼睛,几乎连看都没看我一眼,梦游似的走到他的椅子前面。他坐下来才看见我,但是马上就把目光移到一边,落在他的书柜上,再转回来看着我。

我感到这时候他的目光聚焦了,就像一把手术刀,在我的脸上划来划去。我知道我不能躲避,躲避了,就等于承认我偷看他的书柜了。我迎着他的目光问,班长,你是不是有点儿不舒服?

他迟疑了一下说,是的,我是不舒服。

还没等我进一步关切,他突然提高嗓门说,刘牧,他凭什么,不就因为他爹是教授吗?都什么年代了,还搞以权谋私……他从哪里来的优越感!

我无语,我既不知道刘牧的父亲是不是教授,也不知道他们是怎么以权谋私的,更不知道刘牧是怎么表现优越感的。

很快我就知道了,刘牧并没有像毕然说的那样等待复员,他不仅在集训队当区队长,听说很快就要下到连队担任模拟连长了。

有一次我到军人俱乐部送材料,跟韩小涵聊了一会儿天,我故意把话题引到刘牧的身上,我说我睡的是刘牧的床,老是想刘牧的事情。

韩小涵起先有点警觉,不打算多讲,但是我多次表示,睡刘牧的床让我感到紧张,我发现好汉楼里有很多人神经有问题,我担心我也会出现神经问题。

就这样诱敌深入,韩小涵最后还是跟我讲了刘牧的事情。

真相是这样的,我到宣传科报到的三天前,一个晚上,刘牧从集训队回来,没有马上回宿舍,而是先到四楼给袁月送辅导题,恰好韩小涵被隔壁的后勤部助理员曹丽叫去帮忙摆弄电脑。刘牧敲门之后,没有应答,他就站在门外等了一会儿,就在这时候袁月洗完澡了,只穿了一件浴袍,开门一看,外面站着刘牧,袁月"啊"了一声。曹丽和韩小涵出门,看见发呆的刘牧,问他怎么回事,刘牧结结巴巴地说,我也不知道怎么回事,我不是故意的。

这件事情本来不大,袁月也说她那声"啊"并不是呼救,她洗澡的时候走神了,听见敲门声,想都没想就去开门,冷不丁见到门外有个黑影,吓了一跳。

其实没啥,袁月一直这么说,韩小涵也这么说。但是到了第二天,就有传说,好汉楼出了个窥视者。

姚副科长很重视,先找袁月和韩小涵谈话,了解了情况,稍微放下心来。为了慎重起见,又去拜访后勤部卫生科助理员曹丽,因为曹丽也算目击者。

没想到被曹丽上了一课。

曹丽说,没事找事,什么事情都没有发生,袁月洗澡的时候想事,精力过于集中,走神了,开门见到刘牧,有点儿意外而已,而已。

姚副科长说,好的好的,我再了解一下情况,给刘牧一个清白,好好的一个小伙子。

曹丽是卫生科助理员,大学专业是心理学,一个三十多岁的老姑娘,致力于研究新战法中的心理卫生,颇受师长重视。见过曹丽,姚副科长心里有底了,又找刘牧谈话,刘牧老老实实地把来龙去脉说清楚了,姚副科长跟他讲,不要放在心里,不要影响集训。为了消除影响,让刘牧安心学习,姚副科长还做了一个安排,让刘牧彻底放下工作,住到集训队里。

刘牧离开好汉楼的时候,姚副科长故意让袁月和韩小涵一起送他,几个人谈笑风生。

那天在军人俱乐部,分手的时候韩小涵对我说,你是不是听到谣传了?我跟你讲,刘牧是我们机关战士里最有才华的,人品也好,有些人嫉妒他。

我知道,韩小涵说的"有些人"指的是谁。

四

每周一次的科务会提前在周一上午召开,因为要介绍卓敏,也因为要讨论《秋季训练安全教育提纲》。这样一来,卓敏就算同宣传科全体认识了。

姚副科长说,卓敏同志刚刚从政治学院毕业,还没有下正式命令,算是帮助工作,大家都是老同志,要关心爱护年轻人。

卓敏的小脸蛋红红的,眼睛亮亮的,可能是因为兴奋,也可能是因为激动,有点儿紧张,正襟危坐,手上依然拿着巴掌大的笔记本,笑容有些僵硬。

姚副科长讲完了,让卓敏说两句。卓敏打开笔记本,翻了两页,念了起来——各位首长,各位老师,很荣幸来到九道梁,成为"长虹师"的一员。我是带着一颗学习的心,来接受考验的……我将发扬"长虹师"的光荣传统,保持求知若渴的学习态度……

卓敏念稿的时候,会议室出奇地安静,大家的目光都落在她的脸上。不经意间,我看见方田园在向东南风挤眉弄眼,东南风没有表情。

卓敏的声调忽高忽低,手也微微抖动。卓敏说,贴近部队、贴近基层、贴近生活,从火热的军事斗争准备中获取营养,在风雨中成长,在磨砺中进步……她念着念着,调门越来越高,语速越来越快,在场的人都有手心捏一把汗的感觉。连我都感觉到了,卓敏一本正经的学生腔,放在这间会议室里,多少有点儿不协调,大家还不太习惯。

似乎察觉到会议室里的异样气氛,卓敏开始磕巴了。

姚副科长说,小卓,不用紧张,以后我们就一起工作了,熟悉了就自然了。

卓敏看着姚副科长,又看看大家,突然放下笔记本,站起来说,昨天,昨天我一脚踏上九道梁的土地,一头扑进"长虹师"的怀抱,感觉是那么亲切、那么振奋。我的青春,我的梦想,我的未来,将融入"长虹师"这个有着光荣历史的部队。今天我就要写信告诉我的同学们,我是"长虹师"的一员了,我将无愧于这支伟大的部队……卓敏说不下去了,眼睛居然湿润了。

在一片寂静当中,响起了掌声,姚副科长的掌声唤醒了大家的掌声。姚副科长说,很好,不愧是政治学院的高才生,年轻有为。讲得好!

散会之后,干事们鱼贯离开会议室,我听到方田园跟在东南风的后面嘀咕,现在的孩子,真会说话,一套一套的。不过,有点儿过了。

东南风头也不回地说,很不错了,这样的场合,又是第一次。

虽然我对卓敏有看法,但我还是觉得,东干事比方干事更厚道些。

我到东干事和卓敏的办公室送椅子,在门外听到卓敏问东南风,前辈,我今天的发言,是不是……露怯了?

东南风说,很好啊,就是有点儿用力……用力过猛了。可以理解,第一次参加科务会嘛。小卓,你怎么这么激动?

卓敏愣怔了一下说,我说的是心里话,我就是喜欢"长虹师"。

我站住了,在门外听他们对话。

东南风又问,你跟"长虹师"有没有什么特殊的关系,比如说父辈、祖辈？

卓敏收敛了笑容，一本正经地说，过去没有，现在有了。

以后回忆东南风和卓敏的那次对话，我也觉得有点儿怪怪的。卓敏的身世可能同"长虹师"有某种联系，不然的话，那天她为什么那么激动？也许就像毕然说的，这就是一个高干子女，是到"长虹师"镀金来的。

一个月后，我发现我想错了，卓敏其实是一个很有思想的女孩，她好学，而且有一股钻研劲头。有一次推材料，她发言说，新战法教育不能离开传统，"长虹师"最著名的传统就是实事求是，动员令要简洁，不能拖泥带水。

据我所知，宣传科以往推的材料，总是以长为荣，一二三四，慢条斯理。卓敏这么一说，好像是在否定宣传科的作风。

姚副科长笑眯眯地问卓敏，那你说说，怎么个简洁法？举个例子。

卓敏不慌不忙地摊开笔记本说，抗日战争时期，一次战斗前夕，旅长为突击营做动员，只讲了几句话：我前进，你们跟着；我站住，你们看着；我后退，你们枪毙我。还有一次，在抗美援朝的长虹坡战斗中，师长在动员大会上讲，打剩一个团,我当团长;剩下一个营,我当营长;剩下一个连,我当连长。除非我阵亡了,敌人休想越过长虹坡。

我不知道姚副科长怎么想的,反正那次的材料又多推了两次,并且由六千字压缩到两千二百字。

其实我知道,卓敏飞快进步,很大程度上归功于东干事,姚副科长让东南风带一带卓敏,是有考虑的。卓敏几次发言,都是受到东南风的影响,比如,"以问题为导向"。

编辑同志,您是不是觉得我的故事讲得有点啰唆,过于平铺直叙是吧?是的,我还不太擅长结构,叙事语言也不讲究。虽然我在二十多年前就听卓敏强调"简洁",可是我总是做不到。我知道,如此这般冗长地铺垫,不能引人入胜。还是得请您原谅,我毕竟不是专业作家,讲这么长的故事还是第一次。下面我就重点讲讲好汉楼。

好汉楼的情况,最初也是毕然跟我讲的。

毕然说,时光退回两年前,"长虹师"没有专门的单身干部宿舍,机关里未婚的参谋干事助理员,统一集中在东北无名高地下面的两排平房里,破烂不堪不说,距离办公楼还较远,不好管理。前两年条件好了,在西北方的松林山坡上盖了四层小楼,除了单身干部住的单间以外,还有十个套间,每个房间都有卫生设施和暖气设备,供家属未随军的营以上干部使用。据王副主任透漏,自从好汉楼建成之后,营以下单身干部和家属未随军的营团干部,要求转业的申请书少了百分之十三点六。

好汉楼刚开始投入使用的时候,有人把这个楼叫"光棍楼",也有人把它叫作"单身楼",还有人把它叫作"雄狮梦楼",后来师长陆大陆来了,楼前楼后转了一圈,把营房科的人叫来,交代建一个圆门,不久又亲笔写下了"好汉楼"三个字。师长说,什么这楼那楼的,还红楼梦呢,以后不许乱叫,就叫好汉楼。

毕然说,好汉楼大体划分为司令部、政治部、后勤部和装备部四个单元,政治部和后勤部在西边,司令部和装备部在东边。最初只住雄性单身,后来曹丽找师长反映,说单身干部条件都改善了,她一个女同志,还住在窑洞似的平房里,同临时来队家属挤一个卫生间和厨房,不成体统,她也是上尉军官,凭什么受到歧视。

曹丽脾气大啊,爱抬杠,她那个科的人都怕她——毕然说,但是师长器重她,很重视她的工作。师长把营房科长叫去,规定在四楼开辟六个房间,供单身女性使用。师长说,我们"长虹师",男女都是好汉,就那么几个女同志,首先就要把她们安顿好。曹丽不仅住进了好汉楼,而且按照副营级待遇,她还住套间。这个头一开,后来又陆续住进来几位女性好汉,不过多数都是临时的。

显然,毕然崇拜师长,这是我对他的一个新发现,从他嘴里我没有听出几个让他佩服的人,但是他嘴里的师长,就好像是一个神。

毕然说,师长是老资格的师长,当年到边境执行特别任务的时候,他就是侦察大队的大队长,而我们现在的师政委当时是他手下一个连队的指导员,所以政委在很多场合都喊师长一号。师长务实,精明强干,在本师威信很高。

毕然跟我讲,前几年有个笑话,说警卫连有个新兵,有一个周末,在家属院外面站岗,看见一个精瘦的老头在浇花。新兵说,大叔,能不能帮我买包烟?那个精瘦的老头二话没说,接过钱就到服务社买了一包烟。第二天连队集合,连长在队列前说,谁昨天让师长去买烟?

我当然要笑,不过笑了之后我说,这不可能吧,新兵连师长都不认识?再说,新兵不让抽烟。

毕然嘿嘿一笑说,我也觉得不可能,可是,为什么会把这个笑话安在师长的身上呢?说明师长平易近人啊。

我觉得毕然说得有道理。

晚上熄灯前后的一段时间,是我的故事天堂。毕然的嘴里有数不清的逸闻趣事。有一次聊到师长,毕然问我,你知道师长是什么样的人吗?

我说我当然知道,陆军里的大陆,陆军的陆。

我听见毕然笑了,他说,我跟你讲啊,师长他是最像人的人。

我说,你这是什么意思,难道你不是像人的人?

毕然说,我是说,师长是最有人情味的人。师长过去在军事学校当教员,跟学员们打成一片,还下馆子,每次都是师长买单。师长说,老师和学生一起吃饭,永远是老师买单,为什么呢?学生进步了,老师脸上有光,所以要买单;学生落后了,老师有责任,所以还是应该老师来买单。

我说,我也知道师长的一个故事,师长在当团参谋长的时候,他手下的股长资格都比他老,在民主生活会上老是批评他。师长后来说,批评好啊,批评错了我高兴,因为我比你高明;批评对了我更高兴,因为我可以改正。

毕然哼了一声说,啊,你是怎么知道这个故事的?你才到"长虹师"几天?

我一怔,突然明白我不该讲这个故事。在这间斗室里,只允许毕然讲故事。

我说,我是听东南风干事讲的,他鼓励我要向师长那样学习,虚心接受班长你的帮助。

这本来是我临时编的一句话,没想到毕然在意了,提高嗓门说,东干事真是这么说的?

我嘴上说,是的。

我心里说,当然不是的。

种种迹象表明,在我到来之前,毕然同刘牧处不好关系,不是刘牧的问题,而是毕然的问题。在毕然情绪反常地念叨"天涯何处"和"念天地之悠悠"之后不久我就知道了,刘牧参加集训不仅没有受到任何影响,而且有传说,因为新战法训练需要,刘牧集训结束后,任职命令很有可能直接下到机关,当然也就有可能回到好汉楼。不过,再也不会住双人间了,机关干部,排级都住单间。到那时候,毕然恐怕会更尴尬。

虽然从未谋面,但是在感觉上,我对刘牧更加亲近一些,有那么几天,夜晚躺在铺上,我想象西边十里开外的松林峪,心中充满了神往。那就是刘牧所在的集训队。

我突然想,那篇署名"西北望"的文章,会不会是刘牧写的呢?听东干事说,刘牧当打字员的时候,还常常在记录稿上做批注,有机会就给干事们提建议。刘牧的逻辑思维和形象思维都很发达,文字也很好。如果当参谋干事,搞材料那是一把好手——东干事跟我这么说。

我越来越觉得那篇文章是刘牧写的。我似乎已经认识刘牧了,高挑个儿,白净的脸庞,脸上挂着和气的笑容,对我说,不急,耳听脑记手写……读书要用心,读不懂的书先不读,读懂一本书,就多读几遍,读出自己的理解,读出自己的思路……

这当然不是刘牧当面跟我说的,而是我从打字室材料柜的一个文件夹里看见的,刘牧的笔记。可惜,《每天都是春天》不是手写的,不然我就能认出来,它是不是刘牧的笔迹了。

我已不再怀疑看到那篇文章是我的幻觉,也不再相信那是我的天目开了自己写的,我坚信那确实是好汉楼里的某个人写的,我前前后后排除了毕然、袁月、韩小涵、姚副科长、方田园等人,最后,只剩下刘牧和东南风了,而且刘牧的可能性最大。

当然,问题还有很多,最大的问题是那本刊物里面没有那篇文章了,难道是毕然变魔术了?后来我又有机会翻阅毕然的书柜,一次次的,没有,一直都没有。

五

进入八月,宣传科又忙起来了。有天卓敏把我叫到她办公室,问我了解不了解二连的历史,我说我当然了解。

她马上拿出小本子,请我坐下来慢慢说。

我说,二连是我的老连队,当新兵的时候就听过连史传统教育——在抗美援朝长虹坡战斗中,我们连队在坑道多次被炸、线路稀烂的情况下,还能保持指挥畅通,先后涌现出刘崇、肖江等模范人物。和平时期又出现了技术能手马莉等"四朵金花"……

我讲得很投入,但是很快我就发现,卓敏并没有记多少,我了解的情况她全知道,我不了解的情况她也知道。

她问我,人体到底能不能通电?

我说,那要看什么电和什么人体。

她说,史料上讲,长虹坡战斗中,电话线被炸断了,因为电线不够,副排长刘崇双手拉着断线的两端,让电流从自己的身体通过,她对这个细节拿不准。

我一听,她怀疑我们连队事迹的真实性,心里很不舒服。我跟她讲,这个故事千真万确,我都听了几十遍了。

她说,听了几十遍也不一定千真万确啊,我得掌握细节,得到合理的解释。

我心里说,那你就深入地挖掘吧,但是你要是敢抹黑我们连队的历史,那你就是搬起石头砸自己的脚。

我们正说着话,姚副科长来了,对我说,啊,小毕,卓干事要去通信二连采访,你陪着去,搞好服务啊。

从师机关办公楼到通信营,两公里左右,我提议找两辆自行车,卓敏说,骑什么车啊,两公里越野。卓敏说这话的时候,语气是不容置疑的,俨然是上级对下级说话。我只好说,一切行动听指挥。

走在路上卓敏才告诉我,姚副科长布置她写一个电视专题片脚本。我心想,这个任务怎么不交给我呢?卓敏她一个大学刚刚毕业的学生,没有在连队工作过,她对我们光荣的二连没有感情啊。当然,想归想,那么重要的任务,怎么会交给一个士兵呢,我还是好好地打我的字吧。

陪同也好,服务也好,反正我觉得这是一个美差,没准儿能学到一些东西,只是觉得哪里不对劲,她一个年轻的女干部,身边有一个男性士兵,是不是不方便啊,难道姚副科长就这么放心?后来我明白了,姚副科长很放心,因为在他的眼里,我这个士兵是没有性别的,也许,就连卓敏也忽略了我的性别。这样一想,心里又不是很舒服。

其实是我想多了。

这是我离开之后第一次回连队,马副连长已经等在营区东边的路口了,老远见到我们就迎上来,还没有等我介绍,她和卓敏就咋咋呼呼地拥抱在一起,夸张地叫着对方的名字。原来她们早就认识了。我给马副连长敬了一个礼,马副连长说,啊小毕啊,衣锦还乡了,回老连队指导工作了。

我说,我一个打字员,指导啥工作啊,多亏副连长栽培啊……我正讲着,看见马副连长压根儿没听我说什么,拉着卓敏,一路谈笑风生,进了连队会议室。

会议室里已经有几个干部和老兵了,"四朵金花"有三朵在场,然后就开始介绍情况。我想跟我认识的战友打招呼,又不敢,坐在长形桌的角落里,听他们热热闹闹地座谈,我感觉有点儿尴尬。

编辑同志,您是知道的,我们这一代士兵,跟你们知道的老一代士兵不一样,特别是有点儿学历的。毕然曾经说我多愁善感,我承认。其实毕然比我还要敏感,很在意他在别人心目中的位置。可是,我们有什么位置呢,我们就是一个兵。

偶尔,卓敏也会照顾到我的情绪,说,小毕你谈谈吧,我感觉你很有思想。我马上就会说,我一个新兵,有啥思想,我就是来学习的。

我当然有思想,我还能发现问题,但是我不打算在这里说,我得找一个更合适发言的机会发言。

那段时间,卓敏经常跑通信二连,不厌其烦地采访,特别是几朵金花,为什么会成为技术能手,怎么克服个人困难,包括婚恋、生理、家庭等方面。她不再用那个巴掌大的笔记本,而是用机关统一配发的保密本,十六开的,记了三本还多。

我并不是每次都陪同,有时候是韩小涵陪同,还有一次是卓敏独自前往。除了跑通信二连,她还跑师史馆,去看墙上的老照片,有时候一看就是半天。

有一次我听她和东干事讨论,东干事说,专题片不同于故事片,也不同于纪录片,专题片的结构,既不能以人物为主线,也不能以故事为主线,专题片的结构是无形的结构,无形而有魂,这个魂就是精神。给通信二连做专题片,要抓住一个东西,通,通信的通,通畅的通,而通,是要付出代价的。战争年代,代价是流血牺牲,和平时期是奉献和探索。要接通两个时期的精神交融,营造今天的通信战士和历史人物对话的意境。

我看见卓敏的眼睛里不断地闪烁着惊喜,和东南风在一起,她经常这样。虽然我对东南风非常敬重,但是看到卓敏对他这样膜拜,我的心里还是有一丝……怎么说呢,也不算嫉妒,就算酸吧。

印象最深的一次,是一个下午。

那天卓敏很高兴,在去通信二连的路上兴奋地跟我讲,她从连史的原始初稿中,掌握了权威细节,而且从军史专家、通信专家那里得到了证实,长虹坡战斗中,老英雄刘崇用身体传输电话信号的事迹是真实的。

我说,当然是真实的,难道我们连队还会造假?

她听出来我对她不高兴,冲我笑笑说,在战场上,人的潜力可以超常发挥。

她这一笑,让我有个发现,半个月下来,卓敏黑了一点儿,但是眼睛和牙齿都白了一点。

那天的座谈会开了两个多小时,卓敏说,打搅连队正常工作了,我们的采访告一段落,等我们写出初稿,还要请连队过目,请大家提意见建议。

散会后,马副连长出门看看天说,闷热,会不会下雨啊?这个季节,九道梁进入暴雨期了。

卓敏也看看天说,阳光明媚的,下什么雨啊,我们走。

马副连长说,要不,我请示一下,派检修车送你们。

卓敏说,就这几步路,派什么车啊,两公里越野。

卓敏说着,向我一摆脑袋,前进!

走出通信营大院,卓敏跟我讲,她已经有了初步框架,以从历史上通信二连前仆后继保障通信畅通,到新时期的英雄主义精神继承为灵魂,以"四朵金花"的成长为主线,展示通信二连保持本色、发扬传统的风貌。通过一个连队的历史,小中见大,管中窥豹,展示"长虹师"的战斗作风。

不得不承认,我们宣传科的干部,都有两把刷子,就连我不以为然的卓敏卓干事也做事认真——认真到固执的地步,这个优点,还真值得我学习。

返程走了一半,果真让马副连长说对了,突然刮起一阵热风,刚才还晴空万里,转眼就是黑云压城,飞沙走石。我说,坏了,真要下雨了,怎么办?

卓敏有点儿紧张,啊,这天怎么说变就变?

我说,这是九道梁的暴雨季节,要下就是大暴雨。前边有个水泵房,我们到那里躲一躲,防止雷电啊。

几滴颗粒很大的雨点落下来,卓敏说,那就去躲躲。

我们刚跑了不到三十米,瓢泼大雨就倾盆而下,等我们钻进水泵房,外面已是苍茫一片,不仅大雨如注,还下起了冰雹,混混沌沌的,什么也看不清楚。

水泵房是连队用于浇灌营区林木的,空间十分狭窄,估计只有五六平方米,我们两个被雨淋湿的人挤在里面,就像落汤鸡。

外面突然划过一道闪电,接着,就是一阵撕开天空的雷声。这时候的卓敏,已经不再是那个自信的女军官了,她弓着腰,抱着双臂,瑟瑟发抖,在那声雷电冲进水泵房的时候,情不自禁地把脑袋抵上我的胸膛。

是的,编辑同志,我跟您讲,这不是虚构,这也许就是老天爷故意安排的,让这个年轻气盛的女军官暴露出她本质的虚弱。

您问我那时候我是怎么想的,哦,我那时候没有多想,我也很恐惧,感觉那雷电就在离我们很近的地方炸裂,好像就是冲着我们来的。倒是在那以后,我经常会想到一个问题,假如,假如那天不是遇到雷电,而是在战争时期有一颗炸弹在我们的身边爆炸,我会怎么办?我会不会扑到卓敏的身上,把她保护下来?我想过很多次,很多次我都坚信不疑,会的,我会那样做,因为我是一个男人,那个时候,不再有什么军官和士兵的区别,只有一个男人和一个女人。我承认,在战场上我不一定很勇敢,而在那个时候,我一定是勇敢的。

后来,也就是十分钟左右,一辆通信检修车爬上山坡,马副连长抱着两件雨衣,冲到水泵房。

上车之后,卓敏的脸上还有惊恐的表情,我搞不清楚她的脸上是雨水还是泪水。

六

陈秋和通信二连战友把那几样办公家具修补一新,一个星期天,送到好汉楼,搬进宿舍的时候,毕然吃惊地看着我。我当然知道他在想什么,我假装卑微地说,班长,我怕影响你工作,我自己找了这些东西,以后就不挤你了。

毕然看着那几样家什说,啊,我不是跟你说了吗?我的就是你的,以前我和刘牧都是合用的,这么小的地方……

我赶紧说,我量好了,就门口这一块,书架放在桌子上,不占地方的。

毕然倒也没说什么,只是嘀咕了一声,毕得富你这家伙,还挺有门道的。

那天晚上,躺在床上我还在想,毕然说,"以前我和刘牧都是合用的",这说明他和刘牧的关系也不是太差,当然肯定不会太好。我现在睡的是刘牧睡过的床,这床上有刘牧的气息,刘牧肯定在这个床上做过很多梦,他在这个床上想过女孩子吗,想过袁月吗?这样想我觉得思想有点滑坡,赶快去想别的……我又想到了那篇文章《每天都是春天》,刘牧会在这张床上做文学梦吗?肯定会的。那么,这张床的上方、天花板下,就飘荡过刘牧的文学梦,它们会不会还在这间斗室里面呢,还储存在我身下的床上呢?

越想越兴奋,黑暗中我悄悄坐起来,看看靠墙一边,毕然打着轻微的呼噜,窗外墨黑墨黑的,很远的地方有点儿星光。我翻了个身,掀开枕头和褥子,摸到床板,压抑地做了几个深呼吸。我想把刘牧留下的气息吸进我的胸腔,也许这样就能帮我尽快写出像《每天都是春天》这样的文章。

不知道什么时候,一阵敲门声传来。

我被惊醒了,看看靠墙那一边,毕然也醒了,但是他没有起床的意思,只是用眼神给我下了一个无声的命令。

我定定神,穿着裤头背心,开灯,把门打开,看见一个彪形大汉堵在门口,冲我吼了一句,小毕,去问问,哪个神经病半夜三更放起床号!

这才看清楚,是东干事。只见他扎着腰带,足蹬作战靴,全副武装,军容严整,脸上余怒未消。

我困惑了。起床号？没听见起床号啊。

我转首看看毕然，他也是一脸茫然。我说，东干事，您听见起床号音了？

东干事说，我昨天晚上写材料搞得很晚，刚睡下不久，就听见起床号，穿上衣服出门一看，黑咕隆咚的，办公楼门前的路灯还在亮着……为什么，难道是我产生了幻觉……

东干事说着说着，声音低了下来，似乎他自己发现了什么，又问，你们确实没有听见起床号？你，毕得富，你，毕然。

毕然坐起来，皮笑肉不笑地说，我听见起床号了，可那是昨天早晨。

我说，东干事，我确实没有听见起床号，你看，整个师大院，整个山谷，整个九道梁，这里的黎明静悄悄。

就像屁股被谁踢了一脚，东干事的表情急剧变化，苍白的脸在室内灯光下更加苍白。他几乎是僵硬了几秒钟，才向我们挤出一个勉强的苦笑，像是自言自语地说，对不起，是我的问题，我……我可能太……我走神了。

说完，他转身就走，走了两步又转身回来，对我和毕然说，这件事情，不要对外说啊。

东干事离开之后，我把灯关上，打算睡回笼觉。毕然说,你不觉得东南风很奇怪吗?

我说,是很奇怪。可能最近工作压力大,心情不好吧。

我说这话是有根据的,这要从周四讲起。

那天下午,科里讨论《新战法宣传教育提纲》,东南风一直很少讲话,讨论得差不多了,他从公文包里掏出一摞材料说,我觉得不能再走老路了,我把近几年的宣传教育提纲,包括各团和直属分队的文本都找出来了,几乎所有的开场都是"金秋十月,丹桂飘香",六份教育提纲,五份里面有这句话,难道我们的语言贫乏到了只会用"金秋十月,丹桂飘香"吗?这个大而无当的开头之后,就是国际国内形势分析,一是重复率太高,如果把这些文本送到计算机里淘洗一下,新观点、新思想、新词汇不会超过百分之四十,而多数都是陈旧的。二是废话太多,大话套话太多,这样的大道理讲多了,部队会麻木的。

姚副科长说,那你说说,我们怎么个创新法?

东干事说,很简单,两条原则:一是实事求是,根据实战,抓住最迫切的问题、核心的问题,进行精神动员;二是充分考虑个性,不同的部队有不同的特点,不同的部队有不同的传统,宣传教育提纲要有个性,不能大家都长一样的脸。

东干事这么一说,大家都不讲话,只有卓敏手里的笔记得飞快。

东干事说,我这里有一份我自己草拟的《战时教育创新时不我待》,请大家指教。

姚副科长接过去看了几眼就说,东干事,你这是宣传教育提纲吗?这就是一个注意事项,全是问题,全是强调客观规律,没有体现发挥人的主观能动性啊。

东南风的脸色当时就很难看。

我把这件事情跟毕然说了,毕然说,东南风经常语出惊人,他有一句口头禅,以问题为导向,发现了多少问题,解决了多少问题,战斗力的增长点就会提高多少百分点。

我说,这个我不懂,但是我觉得他说得有点儿道理,师长不是也说嘛,思想政治工作好比医生,医生从病人身上发现问题,对症下药解决了问题,这个人才能健康起来。

毕然说,你认为我们"长虹师"是病人?

我吓了一跳,想了想说,是人都有病,有病就要医。

毕然说,啊,你还有这样的见识,你简直就是师长啊,至少也是东南风,还有点儿像曹丽。

我心里一动,我要是真像他们就好了,不管像谁。毕然说,我跟你讲,你可以这样认为,可是你不是师长。在咱们

"长虹师",并不是所有的人都喜欢谈问题。

我说,我知道,事物总是在矛盾中前进。

那天晚上,实在无法入睡,毕然话匣子一经打开,就很难合上了。从他的嘴里,我又得到很多信息。

最初把好汉楼叫作"魔宫"的是曹丽,在曹丽看来,好汉楼——不,所有的人都有神经病。

我好像在哪里看过她写的文章,印象较深的是,她举了一个例子:机关干部刚调进来的时候,走路都是匆匆忙忙的,小腿轮番交错,小跑似的。几年加班下来,成了老机关干部,走路都是慢吞吞的,心不在焉,经常会出现走错门、一头撞在树上的现象,走神。

就从这个例子开始,曹丽开始大放厥词,攻击机关加班。曹丽说,如果加班十年,部队战斗力还没有多少长进,或者长进不大,那就是浪费。所以,要研究机关加班,哪些是重复劳动,哪些是无效劳动或者低效劳动,不能把加班当成一件光荣的事情。

实话说,我也觉得机关加班有很多重复和无效劳动,作为一个打字员,我甚至想设计一种软件,把各种宣传教育提纲、典型事迹材料、经验总结材料、事故分析材料分门别类整理好,遇到类似的需求,只要把名字、环境、条件、目的等要素输入进去，就能出现一个材料框架，那该有多方便啊。

七

第二天上班，姚副科长通知我到卫生科曹助理办公室。去了之后才发现，毕然已经在那里了，不明白他为什么满头大汗，一看见我，眼神茫然，如释重负，好像他刚刚受过刑。

曹丽示意我坐下，然后问我，东干事夜里听到起床号的事情，你知道吧？我如实地做了回答，我还说了一句，东干事这段时间写材料很累，精神紧张……刚说到这里，曹丽用手中的笔敲敲桌子说，没有让你分析原因，就说你的第一个反应是什么。

我吓了一跳，掂量一下说，东干事说有人半夜放起床号，我的第一个反应是没有听见，然后我就看着班长，班长也……

曹丽又敲敲桌子，瞪着我说，班长，怎么又多出个班长？

我傻眼了,看看毕然,毕然讪讪地说,他说的是我,习惯称呼。我,我也没有听见起床号……

曹丽严厉地说,没有问你,毕得富,你说,班长当时怎么反应的?

我的头上出汗了。我说,我在门口,看不清班长是什么反应,但是他没有跳起来穿军装,说明他压根儿没有听见起床号。

曹丽不说话了,盯着我看,又盯着毕然看了几秒才说,东干事当时是什么反应?

我说,东干事好像被自己吓住了,他说……我字斟句酌,一时找不到合适的词语。

曹丽紧追不舍,他说什么了?

我看看毕然,毕然把脸扭到一边。

我硬着头皮说,东干事说,他昨天晚上写材料搞得很晚,刚睡下不久,就听见起床号,穿上衣服出门一看,黑咕隆咚的,办公楼门前的路灯还在亮着……

曹丽问,这是原话?

我说,是的,基本上是原话。

曹丽又问,他还说了什么?

我说,他说,他可能产生了幻觉。

曹丽说,他离开的时候,你目送他的背影了吗?

我说,我看着他走到楼梯口的,走得很正常。

曹丽唰唰在纸上写了几笔,问我,你撒过谎吗?

我的头皮一下麻了起来,我结结巴巴地说,撒过。

她点点头说,撒谎次数多吗?

我差点儿就夺门而出了,但是我镇定下来,老老实实地说,小时候应该经常撒谎,不过,现在,能不撒谎的时候,我尽量不撒谎。

她看着我,突然笑了,说了一句,很好,你还算诚实。记住,不要在聪明人面前耍小聪明。

我心里想,你问什么我答什么,我怎么耍小聪明了?当然,我不敢反驳。

曹丽看着毕然说,这句话同样适用于你,以后再也不要说你从来不撒谎了,没有从来。你为什么不会笑?因为你的心里有阴暗面,你多少有一点儿妄想症,妄想别人欺负你,妄想自己一直都在被挤压当中,我说得没错吧?

毕然低眉顺眼,木瓜脸上没有一丝表情,我估计他正在心里骂曹丽。

曹丽说,不过,不严重。我教你一个办法,遇到任何事情,就念叨一句话,多大个事儿啊,除了死亡,没有什么了不起的。死亡也没有什么了不起的。

这才知道,在我到来之前,曹丽已经"审问"毕然很长时间了,不知道毕然都说了什么,才让她说出那么一堆没头没脑的话。

问得差不多了,曹丽说,你们可以走了,记住啊,以后有什么发现,自己有什么心理问题,来找我啊,我是一个很好的心理医生。

我如获大赦,站起来就要出门,曹丽又对毕然说,心胸宽阔一点,君子坦荡荡,小人长戚戚,纠结鸡毛蒜皮,会得病的。

我没有回头,看不见毕然的表情,我估计会很难看。走出曹丽的办公室,走在过道上,我们一直不敢讲话,直到下楼,我才问毕然,曹丽问了你什么?

毕然迟疑了一下,恨恨地说,她以为她是诸葛亮,能掐会算啊。她了解东干事走神,干吗把我捎带上啊,简直是欺负人,不就是一个上尉吗,还嫁不出去。

我赶紧回头看看,又两边看看,还是心有余悸。我低声说,咱们回办公室吧,我还有一堆事呢。

回到办公楼,从东干事办公室路过的时候,我放慢步子,拿不定主意要不要去跟他说一声,曹助理找我了解情况了。我觉得我应该跟他讲，转过念头，又觉得不能跟他讲。我犹豫着，听里面的动静，东干事正在跟卓敏讨论通信二连的事迹。

我看见东干事的脸膛红扑扑的，正在讲专题片的事情。东干事说，不必过于强调"四朵金花"怎么克服个人困难，军人牺牲个人利益是必须的，当兵就意味着牺牲。可以侧重表现训练，利用现有装备，发挥最大效能，发挥到极限。战争年代能用身体传输电流，就是极限。马莉那句话讲得好，当你熟练掌握装备性能之后，装备能跟你融为一体，它知道你需要什么，它甚至能弥补你、提醒你，这不是神话，这叫心有灵犀。让自己手中的装备最大限度发挥性能，这是根本，也可以看成是这个专题片的灵魂……

东干事说得慷慨激昂，完全不见了昨夜灰白沮丧的表情，难道有什么好事？

当天就知道了，周四下午东南风抛出了一份《战时教育创新时不我待》，当时就被姚副科长否了，后来姚副科长当笑话讲给王副主任听，没想到王副主任重视了。王副主任说，陆师长一直倡导实事求是，以问题为导向，而且听说最近在酝酿机关工作转型试点，你把东南风的材料拿给我看看，没准儿会有新思路。

姚副科长不敢怠慢,出了王副主任办公室就跟东南风讲了,东南风马上把他的稿子送去了,王副主任看了之后说,这个套路超出了我们写材料的经验,我再斟酌一下,看看要不要送给陆师长看,我觉得多一些思路不是坏事。

难怪那天东南风神清气爽呢,他在王副主任那里看到了热脸,而不是姚副科长的冷屁股。

八

晚上在机关食堂门口,看到橱窗里贴出一个通知,周三晚上在军官训练中心举行讲座,内容是《在新格局里有所作为》。哇,讲课人是陆大陆。

我跟毕然讲,周三陆师长有讲座。毕然也很兴奋,说,我们要是能去听听就好了。

我说,我们为什么不能去听?过去侦察科长讲《国际反恐斗争和我们的使命》,我们不照样去听?

毕然说,那不一样,我们师长讲座,那叫高端讲座,估计不会让我们大头兵听。

我不懂得什么叫高端讲座,但是我估计,至少是机关干部才能参加。

我很想问问毕然,上午曹助理都问了他些什么,但话到嘴边又咽了回去。倒是毕然,自己把话头挑出来了,问我,毕得富你说说,我是不是很小心眼儿?

我拿捏着回答,没有看出来啊,我觉得你挺阳光的。

毕然说,啊,阳光,你认为我阳光?

我说,你确实很阳光的,记得我刚到好汉楼的时候,你就跟我讲一日生活秩序,还跟我讲,你的写字台、椅子和书柜,可以让我用。

毕然似乎记不起来了,啊,我真这样说过吗?

我嘴上说,当然,虽然你只比我大一岁,可我觉得你像大哥哥一样,很体贴人。

毕然好像很意外地哼了一声说,啊,我给你这样的印象啊,我还真的以为我是小心眼儿呢。

我心里想,你就是一个小心眼儿,要不,你怎么会把那本杂志藏起来不让我看呢?要不,你怎么那么嫉妒刘牧?

就是从这天开始,我发现毕然有了一些变化,他好像很在意他在别人眼里的形象。有一次他看见我书架里多了几本文学书,问我,是不是打算学习写作,我说是的,我在林木学院上学的时候就是学校文学社团的成员。

毕然说,你要是想当作家的话,我建议你取个笔名,毕得富太……俗气了,去掉一个字,叫毕得也行,彼得大帝啊,或者叫毕得宝,不是财宝的宝,而是堡垒的堡,圣彼得堡。

我心里一动,觉得他说得有道理,毕得富这个名字确实太土了,一听就是个俗人。我说好啊,我要是发表作品,就用彼得这个名字。

毕然说,彼得,那以后咱俩在一起,我就喊你彼得了。说完又说,你有没有觉得我好为人师?

我说,没有啊,我觉得你讲得太好了,你是必然,我是必得,咱俩这间宿舍,就是"必然得"了,以后我们回忆起我们的"必然得",该多么有意思啊。

我说这话,本来是逢场作戏,没想到毕然当真了,呼啦一下子从床上坐起来说,啊,是啊,必然得,既有诗情画意,又有实际内涵,这太好了。

我也觉得这个创意很好。那个周末,我就在写字台上铺下几张稿纸,郑重其事地写下了"好汉楼"三个字。

毕然问我,打算写小说还是写诗,我说跟着感觉走,肚子里有诗句了我就写诗,没有诗句我就写小说。

毕然说,写小说吧,我们好汉楼,太有故事了,我有一肚子故事可以讲给你听。

一次会餐,出了一件事情,大家兴高采烈地吃喝,突然我听见邻桌的方田园啊了一声,姚副科长问他怎么啦,他不说话,鼓着腮帮子把一口菜咽了下去。

东南风说,这菜怎么这么咸?

姚副科长用筷子夹了一块辣子鸡丁,马上吐出来嚷嚷,这是辣子鸡丁吗?这比腊肉还咸!姚副科长这么一说,又有人说,这是凉拌黄瓜吗?比盐还咸!

就像传染似的,很快,食堂里就是一片议论,至少有一半菜是咸的。王副主任把炊事班长叫来,问他怎么回事,炊事班长说,他也不知道怎么回事。

第二天就真相大白了,原来炊事班做菜的时候,陶管理员去了,往每道菜里都撒了一把盐。陶管理员说他不是故意的,他也不知道为什么要撒盐。后来还是方田园给他打了圆场,说他走神了。我这才知道,陶管理员是宣传科老干事,副营级,上半年同姚山竹竞争副科长位置,输给了姚副科长,心里老大怨气,经常说一些离谱的话。回忆我刚到宣传科,去找几样淘汰的办公用具,他居然说"小姚啊,他不还是副科长吗,他哪有权力批这个条子",原来症结在这里。

"撒盐事件"发生后不久,陶管理员就被调走了,据说是到教导队当教员去了。毕然说,肯定不能让他再当管理员了,管理员管着食堂,他撒盐还是好的,他要是撒别的东西怎么办?

有一次我问毕然,好汉楼里经常出现"走神"现象,是不是闹鬼啊?

毕然说,这跟鬼神没有关系,为什么会"走神"呢,因为这幢楼里住的全是单身汉,单身汉身上都有一个气场,众多的气场拥挤在一起碰撞,就会形成螺旋场,时明时暗搞得人晕头转向。

我说,班长你说得太深奥了,可是,连队也是单身汉住在一起,为什么连队没有"走神"现象呢?

毕然说,你怎么知道连队没有"走神"现象?不过你想想,连队都是什么人啊,战士,气场小,螺旋场也小,不易觉察。

我说,可是,我们好汉楼不光是男人,还有女人呢。

毕然说,住在好汉楼的女人也是单身汉啊,螺旋场不分性别,懂吗?

我说……我说,懂了。

其实我并没有懂。

我发现自从东干事"走神"事件发生后,毕然好像有些变化,他嘴里抱怨曹助理,可是他经常往曹助理办公室跑,美其名曰心理咨询。他是不是暗恋曹助理啊?有一天我突然冒出这个念头,但是很快又觉得自己疑神疑鬼,曹助理比他大八岁,况且他还是一个士官。

有一次,我发现我的桌子上多了一本书《官兵心理健康指南》,打开一看,勒口上有曹丽的照片,她穿着迷彩服,英姿飒爽的,同我心目中的曹助理差距很大。等毕然回来,我问他是不是曹助理送给他的,他说,我买的,两本,送你一本。

我连忙致谢,说班长你对我太好了,我确实也觉得我的心理有问题,我老是怀疑别人看不起我,有自卑感,还疑神疑鬼的。

毕然说,啊,你说的是你自己还是说我?

我说,我说的是我。

毕然说,我怎么觉得你说的是我呢?我就是你讲的那样,总是怀疑别人看不起我,有自卑感,不自信。

我说,曹助理是不是给你开了什么药方?

毕然说,没有,她就是跟我讲,君子坦荡荡,小人长戚戚。她问我有没有特别崇拜的人,我说有,我崇拜文德斯顿。

我很惊讶,文德斯顿是谁?我从来就没有听说过这个人。

毕然说,嘿嘿,文德斯顿嘛,我编造的。我有一次做梦,快从悬崖上掉下来了,有一个人双手把我托住了,他说他的名字叫文德斯顿。

我说,那不可能啊,曹助理明察秋毫,难道她没有问你文德斯顿是谁吗?

毕然没有回答,他看着黑漆漆的门口说,她跟我讲,每个人心中都有一个神,记住你的文德斯顿,你记住什么人,你就会成为什么人。

我不太理解毕然的话,觉得他讲得好深奥。其实我知道,毕然最崇拜的是师长,可是,在"长虹师",谁不崇拜师长呢?师长是我们"长虹师"的灵魂,我们当然不能公开地说,崇拜"长虹师"的灵魂,否则就是拍马屁了。您说是不是?

九

编辑同志,您也看出来了,不知不觉中,我和毕然的关系发生了微妙的变化,不知道是因为曹丽的心理诊疗起了作用,还是因为别的什么,反正这以后,我就尽量地把他往好里想,想他的优点。比如,虽然他是老兵,但是他从来没有多吃多占的意思,他从来没有支使我干这干那,虽然刚开始有点儿居高临下,其实不是他想挤压我,而是担心我挤压他,用曹丽的话说,他不自信,他在收缩他的心理空间,给自己建造一个无形的盔甲。

这么一想,我就发现毕然比过去可爱多了。重要的是,似乎我越是发现他的优点,他的优点就越是多了起来。比如他聪明,电脑升级,输入法更新,他一学就会。要说文学天赋的话,他比我更有潜力,他说话总是文绉绉的,引经据典,出口成章,他懂得那么多。其实后来我也知道了,他在组织科干得很好,他说当初政治部推荐他参加集训,并不是他个人的妄想,而是确有其事,那时候他们科长确实为他据理力争,但是因为名额有限,刘牧在政治部首长心目中地位更高一些,所以最终让刘牧参加集训了。

有那么几次,我想问问毕然,当初我在他书柜里看到的那本军队文艺杂志,到底是不是他藏起来了。但是我又觉得,如果真是他藏起来了,必然有深层次的原因,那有可能是隐私了。毕然很敏感,我不能触碰他的隐私。

周三下午,科里讨论卓敏撰写的《从长虹桥到"四朵金花"》，我很想听听，但是姚副科长让我到军人俱乐部帮助袁月做课件。科里给袁月配发了电脑，不用在胶片上制作幻灯片了，而是做课件。

我问袁月，晚上师长讲座，我们能不能去听？她说当然可以，军官训练中心的讲座是开放的。

事实并不是这样，那天的讲座涉及本师即将遂行的任务，有一定的保密性，机关营以上人员参加。

想象师长的讲座，忽然有一种强烈的冲动，我要提干，我要成为一名参谋干事助理员，我要取得听师长讲座的资格。

那天晚上，毕然的主要话题自然又是师长，不过，从师长的身上，又引出我们好汉楼的另一个人——胡参谋。

胡参谋大名胡彪，毕业于军事理工学院计算机专业，侦察科参谋。据司令部的好汉们说，胡彪除了打乒乓球，基本上不同别人交往。作训科的好汉陈奇仁说，有一次他睡觉睡到半夜，听见夜空里传来嘀嘀嗒嗒的电波声，很是警觉，穿上衣服到处侦察，后来发现电波来自胡彪的门缝。第二天，陈奇仁向侦察科长暗示，胡彪半夜发电报，会不会同传输情报有关啊？侦察科长哈哈一笑说，你怀疑他有间谍行为？我跟你讲，胡彪要能搞情报，我这个科长就让他当了。他在鼓捣无线电呢。

后来才知道，胡彪认为部队装备太落后，就九道梁这样并不复杂的地形，电台和对讲机都经常受阻，他要研发山区信息传输能源，聚束地面建筑的金属磁场，形成信息传输网络，保证在任何复杂条件下传输畅通。

这当然是笑话。

笑话传到师长的耳朵里，师长亲自到胡彪的实验室——宿舍参观，得出结论是，扯淡。

师长拍着胡彪的肩膀说，术业有专攻，专门之人做专门之事。研发装备是你干的事吗？那是通信装备研究所干的事情。

然后，师长又对在场的其他首长说，不过，胡彪精神可嘉。他搞这个研究，给我一个启发，我们基层部队，掌握第一手材料，应该给装备部门提供需求，特别是实战迫切需求。

果然，半年之后传来消息，某信息大学研究机构专门立项，论证战场地面磁场集束利用的可能性。据消息灵通人士说，胡彪的这个创意，还引发了另外一项研究课题，野战条件下信息传播功能延伸。师长后来在大会上讲，我们野战部队，要实事求是，我们不是搞装备研究的，但是我们可以为装备开发提供需求。异想天开没有什么不好,有些事情,暂时做不到,但是要想到,想到了,今天做不到,明天可以做到,你做不到,别人可以做得到。而如果想不到,那就永远也做不到。

我发现毕然有一个明显的特点,他崇拜谁,尊重谁,就有可能神化谁,到了惟妙惟肖的程度。今天我给您讲的故事,很多都是在毕然讲述的基础上稍加整理形成的,有点儿像小说,但是并不影响它的真实性。下面,我就用这种方式讲师长同胡彪打乒乓球的故事。

有天晚上胡彪在远望阁附近散步,师长过来了,问他,听说你乒乓球打得好,有这个事吗?

胡彪老老实实地说,算不上太好,看跟谁打。

师长说,我们两个打一场怎么样?

胡彪愣怔了一下说,师长,别为难我了。

师长说,我怎么为难你了?

胡彪说,我是赢您呢,还是输给您呢?这是个政治问题。

师长生气地说,胡说,这算什么政治问题,打球是打球,不要上纲上线。

胡彪不吭气,阴阳怪气地看着师长。

师长说,现在我命令你,向右转,目标,军官训练中心地下乒乓球室,齐步走!

胡彪吃了一惊,唰地一个立正,竭力地把他经常哈着的腰挺直了,当真向右一转,从远望阁北侧擦过,下山而去。走了大约四十步,胡彪不走了,唰地一个向后转,迎着师长说,报告师长,下山路上,不宜齐步,请指示,仰头下山,低头上山。

师长也愣住了,情不自禁地笑了,好小子,想更改我的决心……那好吧,便步走。

"长虹师"的军官训练中心在营区的南侧,挨着大礼堂,二人很快就到了,热身之后就开打。

不出所料,前三局师长以一比二败北。

毕竟,师长已经五十多岁了,坐下来直喘粗气,胡彪却像没事似的,拿了一瓶矿泉水,打开后递给师长说,师长,您别生气,能赢一局已经很不错了,输给我不丢人。

师长沉着脸不理他,师长看出来了,胡彪根本就没有把他当对手,发球是不温不火的开水球,接球是不紧不慢的家常球。不管球到哪里,他都能接住,然后高抛过来。

围观的人越来越多,打完第四局,胡彪说,不打了,师长,我打不过您,您太厉害了。

师长说，别给我耍花招，要不这样，再打四局，左手两局，右手两局。

胡彪傻眼了，因为师长是左撇子，这个提议明显是耍赖。

胡彪说，好吧，师长您是志在必得啊，那我只好奉陪。

结果可想而知，不仅左手打球胡彪两局皆输，用右手打，两局也输了。

师长得意地说，不要目中无人，我再练半年，至少能跟你打个平手。

胡彪说，不用半年，半个月您就能赢我。

师长说，你小子，是不是拍马屁啊？

胡彪说，师长，您不了解我。我这个人，可以吹牛，但是不拍马屁。

师长说，那你说真话，我练半年能赢你吗？

胡彪说，您刚才没说让我说真话，说真话嘛，师长，恕我不恭，您就是再练一年，也打不过我。在"长虹师"，指挥训练打仗，师长您是一号，我是一百零一号；打球，我是一号，您是二号，至少在一年内是这样。

这件事情在"长虹师"广为流传。

毕然说，他过去曾经到军官训练中心见识过胡彪打球,确实很有风格。

我说,我们科的东南风干事也会打乒乓球,跟胡彪打过没有?

毕然说,东南风?门儿都没有。有一次我亲眼看见,胡彪在操场溜达,你们东干事凑上去,问胡彪想不想打球,胡彪说,想打,可是没有人。东南风说,我不是人吗?我陪你打。你猜胡彪怎么说,胡彪说,你是人,但你不是跟我打球的人,难道你不知道我是谁吗?我是胡彪啊。

我说,胡彪就是那个最早鼓捣伞翼飞行器的参谋吧?

毕然说,就是他。这个人成天低着脑袋,像个蔫茄子,但是特别能鼓捣事,听说最近又搞了一个建议,叫作"构建合成指挥轻便指挥所",什么意思呢?这老兄认为,未来高技术战争不同于冷兵器和火器时代战争,不再是攻城略地,要发挥陆军效能,必须提高效率,步炮协同、步坦协同、步工协同,不能像过去那样按部就班各忙各的,而应该是集所有兵种指挥能力于一体。所谓的"合成指挥轻便指挥所",其实就是一个人的指挥所。胡彪认为,现在军队院校的课程太落后了,有些兵种知识,大学四年课程,前面学完,那个兵种已经消失了。军队院校课程设置,要针对我们潜在的对手,而不是我们落后的装备……

说实话,毕然讲的这些东西,在我的心里掀起很大的波澜。我突然产生一个看法,毕然的讲述,并不是机械地复制胡彪的思想,而是注入了他自己的见解和态度,也就是说,毕然对于军事变革,具体地讲,对于"长虹师"的建设,是有自己独特的思考的,对于一个士官而言,这是多么难能可贵啊。毕然过去说过,我是谁啊,我是毕然啊,没有让我参加集训,不是我的问题,是领导的问题,是我的损失,更是"长虹师"的损失。给我半年时间,我能当一个不比胡彪差的参谋,也能当一个不比东南风差的干事。只要不让我当曹丽那样的助理员就行。

我第一次听毕然这么说,心里是冷笑的。而这天晚上,我笑不起来了,我对这个人真是刮目相看。我甚至坚定地认为,那篇《每天都是春天》就是毕然写的,我一度产生冲动,差点儿就直接问他了。

我说,班长,你这一肚子学问,让你当打字员真是可惜了。

毕然说,啊,学问,你说我有学问?不过,我当打字员,也不是光会打字啊,我得动脑筋啊,我问你,你的梦想是什么?

我说,梦想?我的梦想是当一个作家,眼前的梦想就是写小说《好汉楼》。

说这话的时候我有点儿心虚。"好汉楼"这个标题,我已经写下一个多星期了,可是目前,那张纸上,除了这个标题,只有一个署名"彼得"。我不知道毕然会怎么看我。其实,我的心里已经开始构建人物关系了,姚副科长、东南风、胡彪、曹丽、卓敏……当然还有我和毕然,还有袁月和韩小涵……只是,我还拿不准怎么才能把这些人编织在一起,朦朦胧胧的,我考虑在我的作品里,让东南风和卓敏谈一次恋爱,让曹丽同胡彪吵一次架,还有,让毕然和袁月、刘牧之间发生一个三角恋……啊,还有刘牧,还有那篇神出鬼没的《每天都是春天》,也许,我的小说就从这篇文章开始?

十

星期日上午,我又摊开稿纸,回忆起一件往事。那是我刚到机关当打字员的第三天晚上,姚副科长让我去找东干事回办公室加班,我没有找到东干事,却看见胡彪在后山转圈,他围着远望阁,左一圈右一圈,低着脑袋,步子很慢。我觉得好奇,悄悄地站在一边,后来我看见他坐在远望阁的长凳上,似乎在看远处的风景。

远处,山坳里暮色苍茫,隐约有一些灯火,那是我们"长虹师"几个主力团的驻地。那一瞬间,我想到了《每天都是春天》里的一段话:"目光从眼前的山坳掠过,我看见千沟万壑,那里面藏着年轻的躯体,一旦响起起床号,山谷里就生长出绿色的森林,同正在前来的春天会合……"

我忽然觉得,胡参谋此刻的样子,就像那个正在眺望远方的西北望。因为急着找东干事,我不能久留,正要离开,胡参谋发现了我,他没有说话,只是转身看看我。我上前敬礼说,胡参谋,我来找东干事,打扰您了。

胡参谋说,东干事,哪个东干事?

我说,我们科的东干事……文化干事东南风。

胡参谋好像还是没有想起来东干事是谁,问我,你是宣传科的?

我说,我是宣传科打字员毕得富。

胡参谋说,打字员?宣传科的打字员不是刘牧吗?演讲口才很好的小伙子。

我说,那是几个月前的事情了,他去集训了。

胡参谋哦了一声,然后站起来,漫无目的地走了几步,对着山坳说,自由落体,每个人都是自由落体,重力加速度会受到风力影响……他一边说还一边向前迈步。

我吓坏了,因为前面是山坡,而那一块非常陡峭。我忍不住惊呼一声,胡参谋!

胡参谋站住了,回过头来问我,你是谁,怎么在这里?

我心里极不舒服,委屈地想,我刚刚还向你报告,我是宣传科打字员毕得富,转眼你就不认识我了。我正要回答,他摆摆手说,哦,我知道了,你是毕得富,你喊什么,怕我掉到山下去?没有的事,忙你的去。

就是那个晚上,胡参谋在我的脑海里留下了深刻的印象,回忆他当时的样子,我很容易联想到,他就是那个在远望阁眺望远方的西北望……这个稍纵即逝的念头被我抓住了,是啊,在远望阁上眺望远方,我的小说就从这里写起。

我激动了,马上找出笔,可是还没等我的笔尖落在纸上,有人敲门。我气不打一处来,难道又是叫我加班?我心不在焉地起身开门,一看,不由得怔住了,原来是卓敏。

卓敏这天没穿军装,而是穿了一件红底白花连衣裙,脚上居然是拖鞋,这让我感到很不自在,虽然她穿连衣裙比穿军装要好看得多。她的一只手还托着一只哈密瓜。

我说,卓干事,您这是……

卓敏一笑说,怎么,不欢迎?同学送来两只瓜,有福同享。

我深感意外,连忙说,卓干事太客气了,我怎么消受得起?

卓敏说,怎么,就让我站在门外说话?

我赶忙闪身,让她进屋,手忙脚乱地接过瓜,给她搬椅子。实话说,我们这个"必然得",从来没有女性光顾,这一袭红裙进来,感觉整个房间都亮堂了许多。

卓敏没有马上坐下,看见我桌上铺着稿纸,凑近了看,念念有词,好汉楼,小说,彼得……哦,小毕,你还会写小说啊。

我顿感窘迫,苦笑着说,我是想写小说,可是写了一个多月,稿子上就这几个字。

她问,为什么?

我说,找不到感觉啊,我想过很多开头,可是都觉得平淡。

她说,你理想的开头是什么?

我说,我理想的开头,上来就能把人抓住。

她若有所思地点点头说,这就是东干事说的,引人入胜,开头就把人带入你描述的场景里。

我一怔,她还真是内行。我问,你写过小说吗?

她笑了,嫣然一笑,我哪里写过小说,不过,文学和新闻有相通之处,我读过东干事写的《新闻里的文学》,文学和新闻都需要一个好开头。

我说,我也读过,就是这个原因,我才找不到好的开头。

她又是一笑说,慢慢来,先写下去,写几个开头,然后比较一下,再写下去。光想不写不行,脑子里没有形象,想象就很难深入。

那一刻,我差点儿就喊她一声师傅了。我说,卓干事您讲得太对了,我得先写一件事情,把几个人物带进去,然后,然后我再慢慢地发展情节。

卓敏说,你说得对啊,有了人物,人物在故事里行动,表现性格,然后个性又支配人物行动,这不就是故事吗?跟你一讨论,连我都想写小说了。

我说,您要是写小说,一定会很精彩。

她问,为什么要叫彼得?是笔名吗?

我说,是的,是毕然建议的,怎么,不好吗?

卓敏说,好是好,就是怪怪的,要我说,还是用毕得富好,感觉有点俗气,可是用了"彼得",难道就洋气了?小说靠作品说话,不靠笔名。

那天卓敏在我们"必然得"待了将近二十分钟,临走之前她察看了我的书架,又察看了毕然的书柜,跟我讲,看一个人读什么书,就知道他想当什么人。小毕,贵在坚持,你很有潜力。

卓敏走后,我坐在写字台前好半天没有回过神来,感觉就像做梦。她给我分享哈密瓜,这不难解释,我毕竟多次陪她去通信二连,鞍前马后。我的惊奇在于她讲的那些话,关于小说,关于读书。当然,还有后面一句,她一直喊我小毕,这让我心情很复杂,在她的眼里,我就不是她的同龄人,而是小毕,因为我是士兵。我愤怒地想,那次途中遭遇暴雨雷电,你为什么要往我的怀里钻?你瑟瑟发抖的时候,你惊恐地倚靠在我身上的时候,你把我看成小伙子了吗?

是啊,在那个风雨交加天昏地暗的时刻,好像全世界都远去了,只有我和她相依为命,我成了她的保护神,成了她在这个世界上唯一的依靠……

我的天哪,我终于找到小说的开头了,就从那个水泵房写起,那么惊险,那么刺激,那么温情……可是,很快,这个方案又被我否定了。这样写会出现问题的,往下怎么发展呢?往爱情方向发展,人物的身份不允许,可是不往爱情方向发展吧,写那一段干什么呢,只是写一段奇遇?那也太……太没劲了。

一个小时后,毕然回来了,除了看到他桌上放着的半个哈密瓜,还看到我稿纸上多了几个字——远望阁上看远方。我还是决定从我到宣传科当打字员写起。至于那个水泵房,忘记它吧,别自寻烦恼。

十一

编辑同志,您说得对,我不能忘记那个水泵房,事实上我也没有忘记。跟您我应该说实话,其实,自从那次经历暴雨之后,我还悄悄地去过水泵房,在那里缅怀一段情感波澜。可是,怎么说呢,要知道我是一个士兵啊,我必须忘记它,哪怕假装忘记。关于水泵房的故事,我会在适当的时候讲。现在,我还是给您讲讲我们的师长吧。

我当然见过师长,而且不止一次。星期五的早晨,机关要会操。司、政、后、装的机关干部组成四个排,各部门首长如司令部参谋长、政治部主任、后勤部长、装备部长为排长,而在这支队伍前面的连长、指导员,是师长和政委。那半个小时,九道梁喧哗而又热烈,直属分队在远处山呼海啸,主力团在更远处龙腾虎跃。我们机关的队伍不怎么喊,主要走齐步,唱行进歌曲"向前向前向前"……

每次参加这样的活动,我都热血沸腾,我写信给我爸爸说,知道吗?我是和师长、政委走在一个队伍里,我们迈着同样的步伐,唱着同样的歌……写这封信的时候,我老是幻想,我走在队列的前头,我就是师长或者政委。

编辑同志,我知道您为什么要笑,您可能在心里想,我是痴人说梦。是啊,谁没有梦想呢?

有一次会操结束,我到机关食堂帮助打扫卫生。正忙着,听见王副主任说话,伸头一看,天哪,王副主任陪着师长来了。我吓得赶紧扔掉水桶,站得笔直,两只手臂贴在裤缝上,随时准备敬礼。

快了,他们进门了,师长看见我了,微笑着向我走来。我在心里默默地计算距离,就在师长离我还有十步远的地方,我唰地抬起右臂,手掌像飞碟一样贴到——不是贴到,而是戳到脑门上,我的大檐士兵军帽在地上转了一个圈,落在师长的脚下。

我差点儿晕过去了,眼泪忽然就涌上眼眶。正不知道如何是好,师长弯下腰,捡起我的军帽,拍拍,然后走过来,双手向上,戴在我僵硬的脑袋上。

我的嘴巴张了张,大声说,谢谢师长!可是,连我自己都知道,我什么都没有说出来,我的嘴巴已经不听我的指挥了。

就在这时候,我听见师长问我,小伙子,你是不是怕我?

我说……我使劲地撬开我的嘴巴说,报告首长,我太……太紧张了。

师长点点头,笑着说,紧张啊,紧张有紧张的道理。一个士兵,见到师长不紧张,那说明什么,第一说明师长不像师长,第二说明士兵不像士兵,像老油条。

我说……我什么也没有说,就那么傻傻地看着师长。

师长后退一步说,干活吧小伙子。

师长说完,对我招招手说,下次见到我,就不能这么紧张了,要是还紧张,说明我这个师长没有当好。

说完,师长就带头向伙房走去。

王副主任向我笑笑说,放松。

师长他们离开之后,我恨不得把水桶扣在自己的头上,我太没用了,我的心理素质太差了,我没有想到会这么差。我知道师长他们一会儿还要从伙房出来,还要去察看其他部门的伙房。我一边干活,一边练习敬礼,有那么几秒钟,我的右手一直贴在裤线上,上上下下地比画。我一定要找个机会把我的形象补回来。

可是,直到我把食堂地板擦了两遍,师长还是没有出现。我悄悄地走到伙房门口,探头一看,天哪,师长他们从伙房后门走了。我不顾炊事班长诧异的目光,不顾管理员的呵斥,像狐狸一样绕过他们,追到伙房后门。

我看见三十米开外的菜地埂上,师长正对王副主任说着什么。远远地,我举起右臂,向师长的背影敬了一个礼,并且迟迟没有放下手臂。我执拗地认为,师长能够感觉到我这个礼,一定会记住我这个礼,可是……就在我快要放下臂膀的时候,我看见……天哪,师长真的转过身来,真的看见我了,他向我挥手致意,朝阳下的空气里似乎传来他亲切的声音——我没有听见他说什么,但是我相信,师长一定说过什么。

那天晚上,我跟毕然讲,我见到师长了,讲得很细,我说我太没用了,就那么一次机会,我还出了洋相。我问毕然,你说师长跟我招手的时候,会说什么?

毕然静静地听完,想了想说,你确认师长转身了,看见你敬礼了? 会不会是你的幻觉啊?

我说,当然不是幻觉,我亲眼看见师长转身了,向我招手,并且说了一句什么。

毕然说,哦,我知道了,师长说,放下吧小伙子,放下你的不自信。

我说,真的吗,你怎么知道的,难道你听到了?

毕然说,我当然知道,我是谁啊,我是毕然啊……等等,我刚才说了什么?

我说,你说你是毕然啊。

毕然说,不是这一句,是前一句。

我说,那就是,放下吧小伙子,放下你的不自信。

毕然没有马上接茬,好大一会儿才嘟嘟哝哝地说,放下吧小伙子,放下你的不自信——彼得,这话是对你说的,也是对我说的。彼得,接着写下去吧,把你的《好汉楼》接着写下去,写你的真实感受,写你的经历。

我说,我本来打算从我到宣传科工作的经验写起,可是,我的生活经历告诉我,我最初的认知好多都是错误的,包括对你的看法。

毕然说,我知道那时候你对我有看法。曹助理说得对,我的心里有阴暗面,你不要怕,写出你的真实感受,我也从你的文字里认识我自己。你知道吗,我曾经患过抑郁症,也许……好了。

我的脑子快速旋转,我不想把话题扯得这么深入。

那天夜晚,东西南北想了很久,正准备熄灯睡觉,电话分机响了,姚副科长在那头说,小毕,到我宿舍来一趟。

我们科的干部都在,我看见了卓敏,原来她也参加了,她冲我一笑说,《从长虹桥到"四朵金花"》能够引起重视,小毕也有功劳,坐一会儿吧,没准儿还能提供修改思路。

这边说着,那边东干事已经往方干事那边挤出一个地方,卓敏顺手扯了一个小马扎,冲我一笑说,小毕,坐这里。

什么叫正中下怀,这就是。我言不由衷地说,我还是算了,我明天还要出操呢。

姚副科长说,出什么操啊,明天是星期六。

我坐下来,听明白了,原来是卓敏写的电视专题片被某电视频道看中了,提了一些意见,让宣传科修改。

姚副科长说,我刚才讲到哪里了,哦,讲到通信二连的传统,在抗美援朝长虹坡战斗中,我们的英雄肖江同志在战斗最残酷的时刻,扑在电话中转机站上,从而保障了首长的战斗命令顺利下达,战斗取得了胜利。卓干事,那一句"首长,请下命令吧"至关重要,这是英雄事迹的核心,闪光点,正是因为有了这句话,才彰显通信二连的"顺风耳"作用,战争之神啊。

姚副科长讲完,又问,刚才谁说了,哪里有点儿不对劲,啊,是卓敏同志说的吧,哪里不对劲?

卓敏说,是我说的,我跑了通信二连很多次,每次都有新的感受,可是,就在刚才,我突然觉得老英雄肖江的那句话有问题。不,不是事实有出入,事实没有任何问题,也不是政治问题,那么,到底是什么问题呢?

我愣住了,一口水差点儿呛到。我为什么有这样的反应呢?因为我也觉得有问题。当初陪卓敏到二连采访,参加座谈,跑军史馆,我就一直在揣摩这句话,但是我从来没有表达,一是觉得可能是吹毛求疵,二是隐约觉得没有准备充分。

姚副科长看见我走神,问我,小毕,你是不是有话要讲?

我怔怔地看着几位军官,迟疑了半天才说,报告副科长,我是有话要讲,我最早看到老英雄的画像,看到那个场景,激动得热泪盈眶,我经常念叨那句话,首长,请下命令吧……

卓敏说,小毕,别太啰唆了,讲重要的发现。

我说,我发现……我发现老英雄的那句话不完整……

说着,我停住了,几个军官的目光齐刷刷地投向我,让我感觉就像赤身裸体暴露在光天化日之下。

我不敢讲下去了。

突然,桌子被谁拍了一下,是卓敏,卓敏激动地站了起来,刚想说话,又停住了,抓过面前的茶杯,猛喝一口,呛了一下,咳嗽几声说,我明白了,问题就在这里,在战斗最激烈的时候,首长往前面打电话,我们的一个副排长,为什么要命令首长,为什么要说出那句话,"首长,请下命令吧",这一定是有原因的。所以我认为,要彰显老英雄的价值,一定要把他说出那句话的背景找出来,那一定是比我们现在知道的这句话更有分量。

我不知道哪里来的勇气,我也猛地站了起来。我说,我知道那个背景,老英雄的那句完整的话是,首长,不要啰唆了,请下命令吧!

我说完了,姚副科长的套间一片寂静,好长时间没有人说话。我正想坐下,卓敏问我,你是怎么知道这句话的?

我说,我在连队帮助抄写连史,发现"首长"后面是逗号,删节号,然后才是"请下命令吧",感叹号。我认为应该是这样的。

十二

我和卓敏离开二楼上三楼,在三楼楼梯口分开的时候,我的胳膊被拽住了,卓敏用火辣辣的眼神看着我,好像鼓励我做某一件事。我差点儿就冲上去了,差点儿就扑过去了。可是,我的腿原地不动,好像它正在竭力地阻挡我做一件不得体的事情。

我牢牢地站稳了,用清醒的眼睛看着卓敏,她也用清醒的眼睛看着我。我刚要迈步,她把手伸到我面前,手背向上。我明白了,低下头去,吻她的手背。然后,我回到宿舍,一觉睡到天明。

此后的几天,我们宣传科一直在忙乎,干什么呢,翻箱倒柜地找资料,跑通信二连,跑师史馆,还派人到军区档案馆。姚副科长在科务会上讲,师长也知道这件事情了,师长说,这是一件很严肃的事情,来不得半点儿马虎,有那句话和没有那句话,大不一样,既关系到首长的形象,也关系到英雄的价值。

找到那句话,是干部们的事情,我干什么呢,那几天,只要脑子闲下来,我就会想到那天夜晚在好汉楼的楼梯口,卓敏让我吻她的手背。

编辑同志,您知道,我不仅对语言文字敏感,我对肢体语言也很敏感。那晚,在卓敏伸出手的前一秒钟,她的上体是往我倾斜的,她的眼睛里发出的是"拥抱我"的信号,如果我不犹豫,果断地冲上去搂住她,她一定不会拒绝。在那个夜晚,在那个灯光昏暗的楼梯口,在那个时刻,我和她,就是最亲密的战友,我们心有灵犀,我们配合默契,我们不是官兵关系,而是一男一女。

在后来的几天,一切归于正常,我到打字室工作,她上她的班,我和她见面,没有发现她有丝毫的不自然,好像什么事情都没有发生。这个小军官,比我想象的要老练得多。

又是一个会操的早晨,我走在队列末尾,远远地看着师长挺直的腰板,迈着标准的步幅。我心想,要是师长知道我那天晚上乱放炮,也不知道他会怎么看。嘻,我这是怎么啦,师长日理万机,他怎么会关注这点儿小事?

在雄壮的军歌声中,会操结束了。解散之后,我正准备飞奔到机关食堂打扫卫生,王副主任叫住了我。我的心突突跳了起来,我的预感被证实了,师长正微笑着向我走来。

我连忙立正,竭力平静下来。师长走到我面前,慈祥地看着我,突然喊了一声,毕得富听口令,向后转,齐步走,立定,向后转!

我转过身,看见师长身板挺直,两眼平视着我,我忽然明白了,定定神,庄重地抬起右臂,敬了一个标准的军礼,手指在帽檐下面做长时间停留。然后我看见师长上体微微一动,手臂就像一道闪电,飞到额头边上——师长郑重其事地给我还了一个军礼。

我的心口一阵滚烫,师长这是在帮我补课啊,补上了一个士兵必须熟练的一课。而且,我分明能够感觉到,师长对我是欣赏的。

那天上午,姚副科长让我到军人俱乐部帮助清理仓库,我是唱着歌去的,"向前向前向前——我们的队伍向太阳,脚踏着祖国的大地,背负着人民的希望,我们是一支不可战胜的力量"……

韩小涵问我,怎么这么高兴?

我没有跟她多说,只是说,每天都是春天。

清理材料柜的时候,我突然看见有一堆书籍刊物,眼睛顿时一亮,我看见了我多次寻找而不得的东西,那本军队文艺杂志。我弯腰把它捡起来,哈哈,踏破铁鞋无觅处,得来全不费工夫。我把杂志打开,赫然看见目录上散文栏内的一行:每天都是春天——西北望。

韩小涵愣愣地看着我问,你怎么啦?你的手为什么抖得这么厉害?

我说,韩小涵,知道西北望是谁吗?

韩小涵说,西北望?我也不知道西北望是谁。难道你发现了新大陆?

我长话短说,把最早看到这篇文章和此后的遭遇简要地说了一遍。韩小涵说,哦,你想当作家,要拜师是不是?

我哭笑不得,这个韩小涵,真像她自己讲的,就是个一根筋。

作为韩小涵的废品,那本杂志被我据为己有了,回到打字室,我把那篇文章又认真地看了一遍,可是奇怪的事情发生了,再读一遍,已经没有第一次阅读时的惊喜了,也许……最让我惊奇的还是,为什么这本杂志里面有时候会有那篇文章,而有时候没有,这不是变魔术吗?

谜底直到两个小时以后才揭开。

那天中午下班,我一路小跑,抢先回到好汉楼,打开了毕然的书柜,找到了里面的那本杂志。两本杂志放在一起,我顿时恍然大悟,原来,这份军队文艺杂志,封面都是一个风格,都是一样的图案和一样的字体,孪生兄弟似的,区别仅仅在于色彩和期号。我这个马大哈啊，根本没有注意到期号和封面的颜色，为了这个"走神"，走了多少弯路啊。

旧的矛盾解决了，新的矛盾又出现了。问题还有两个，一是，西北望到底是谁？二是，我最早看到的那本杂志到底到哪里去了，是不是毕然藏起来了？

这段时间，我不再坚持认为西北望就是刘牧了，我甚至觉得有点儿像毕然。自从被曹丽"点穴"之后，毕然就像变了一个人，说话办事小心翼翼的，还经常问我，我没有自高自大吧？我没有嫉妒你吧？

听说，毕然在工作上也很有起色。秋天准备年终总结，组织科要报政治实力，那是一项高度绝密的工作，除了装备，全师党员、团员、群众以及党委、支部的情况，都要统计，可以说，那就是"长虹师"的花名册。当然，作为一个士兵，毕然不可能全程参与，他只是参与三分之一。有那么几天，毕然经常加班加点，我问他干什么，他只字不提。我感觉毕然成熟了许多。

有一次晚上加班，比较顺利，回好汉楼的路上，东南风让我跟他到远望阁去。卓敏跟在后面说，我也去，我还没有晚上去过远望阁呢。方田园也说，好啊，今晚我们都去，姚副科长要是来了……还真让他说着了，姚副科长真的追上来了,大家一起散步。

卓敏故意跟我走在一起,而且还放慢了步子,跟大伙拉开一段距离。她问我,小毕,小说写得怎么样了?

我说,写了七个字,远望阁上看远方。

卓敏说,为什么不接着写下去?

我说,不为什么,因为我拿不准是先写远望阁还是先写水泵房。

卓敏愣了一下说,水泵房是什么?

我心里很不舒服,她居然连水泵房都忘了,可见她对我一点儿意思都没有。当然,这也正常,从她第一次喊我"小毕"开始,我们的关系就建立在官兵关系上。

我避开话题,跟她讲了我到宣传科后认识的那些人,重点讲了毕然,讲了我最早在毕然的书柜里看到的那篇文章,我甚至还给她背了一段。我说我怀疑那篇《每天都是春天》的文章是毕然写的,可是又觉得不像。

卓敏问我,那你认为那篇文章应该是什么人写的?

我说,那应该是一个有境界、有见识、有胸怀的人写的。毕然虽然有才,但是他的境界达不到。

我没有想到,卓敏听到我的话会哈哈大笑,她说,你要是认为,一个作家的心灵同他的作品一样,那真是幼稚了。

作家在写作的时候,可能心里涌动着高尚和纯洁的情感,可是在现实生活中,作家也是人,是人都有局限性,你怎么能要求作家就比我们芸芸众生超凡脱俗呢?

我愣住了,我感觉卓敏好像不是我的同龄人,而是一个老谋深算的智者。我说,卓干事,您是学什么的?

卓敏说,这个你还不知道,我是学新闻的。怎么会问这个问题?

我说,您刚刚大学毕业,恕我不恭,还是个小姑娘,您怎么会有这么高深的见解?

卓敏说,啊,高深,你认为我高深?那怎么谈得上。不过,我哥哥是学文学的,我发现他的作品比他的人品好多了,他都结婚了,还去追女孩子。

我说,哦,原来如此。

卓敏说,当然,总体来说,作家还是有纯洁理想的,至少在他创作的时候。作家要是玩心眼儿,一般人是玩不过他的。我希望你当一个纯洁的作家。

那天晚上,在远望阁,我的小心脏又蠢蠢欲动了,看着山坳里时隐时现的灯火,似乎看见了远方——往西是太行山、大巴山、秦岭,再往西是昆仑山……我似乎看到大漠孤烟长河落日,穹庐之下,群山之中,簇拥着无数个城市和村庄……看着流光溢彩的晚霞,心中顿时生出金戈铁马的雄壮和辽阔……

请原谅,那天我产生了一个更加迫切的愿望,我要争取提干,留在"长虹师"。是的,我的动机有点儿复杂,我希望得到卓敏的重视,同爱情有关,但是并不完全因为爱情,因为她老是叫我"小毕",因为她一直没有把我当作成年男性看待,她凭什么?

关于提干问题,终于摆到桌面上了。

有天深夜,突然听到一阵饮泣,我没有打开灯,只是悄悄地聆听,甚至还假装打了几声呼噜。第二天,我看见毕然正常起床,正常穿衣,正常参加会操。

晚上下班回来,毕然坐在他的椅子上,往天花板上看了很久,然后椅子一转,面向我说,兄弟,今晚没事吧,我想跟你聊聊。

这是第一次,毕然这么郑重其事地对我说,跟我聊聊,而且他喊了我一声兄弟。这几天毕然有些魂不守舍,去了曹丽办公室,也到曹丽的宿舍去过。难道,他和曹丽真的发生了什么?如果他跟我讲他的隐私,我该怎么办?

让我意外的是,那天的"聊聊",同曹丽没有关系,而是从那个我从未谋面的刘牧开始。

毕然说,我们第一次谈起刘牧,你一定有感觉,我嫉妒刘牧,因为……因为袁月喜欢刘牧,而我喜欢袁月。现在我知道了,刘牧确实比我强,至少他心胸比我宽阔。

我惊呆了,我没有想到毕然会这么说。

毕然说,上周我和刘牧通了一次电话,他跟我讲,他集训快结束了,要到基层任职了。他还跟我讲,我还有机会,你更有机会。

就是那天晚上,毕然跟我讲,士兵提干,有几种途径:一是大学生士兵参加每年一次的集训,结业后到部队任职。二是非大学生表现好的,可以保送入学,毕业提干。三是特别好的,破格提干。

毕然说,我太喜欢"长虹师"了,我相信你也喜欢"长虹师"。我争取,你更要争取。争取未必如愿,但求无愧我心。

这应该是毕然第一次这么长时间地跟我聊聊,并且是高强度的深入聊聊。我们两个,终于"必然得"了,终于可以掏心掏肺了。

是的,我喜欢"长虹师",我喜欢九道梁,我喜欢好汉楼。还有,卓敏。还有,我的小说。为了这一切,我得争取提干。

我们聊到半夜,好在第二天不上班,一觉睡到日升中天。

中午饭后,我的小说上路了,正文的第一句话是"远望阁上看远方",但也仅仅是这一句话而已。除此之外,我还把作者名字改了过来,"彼得"改成了"毕得富"。

毕然看见了,问我,为什么又把笔名改回来了?

我说,上个星期会操,我见到师长了,师长喊了我的名字,毕得富,等于是师长亲自给我命名了,我不能再用"彼得"当笔名了。

我没有跟毕然说,卓敏不喜欢"彼得"这个笔名。尽管我知道我对卓敏的感情不会有结果,但是,要把卓敏从我的世界里清零,那是不可能的,还有那个风雨交加的水泵房。

我的小说左摇右摆,一会儿是远望阁,一会儿是水泵房,这大约就是二十多年来,这部小说一直没有写好的原因。

一个月后得知,《从长虹桥到"四朵金花"》即将被某电视台作为重点节目推出,经过修改的专题片,加上了那句话,区别在于,我想象的那句话是"不要啰唆了",真实的那句话是"别啰唆了"——这要归功于师长、政委、政治部首长、姚副科长……特别是卓敏干事。

为了找到那句话，卓敏出差到军区档案馆、解放军档案馆、军事博物馆，查看了很多历史资料和图片，但是都没有那句话。卓敏不甘心，又跑到当年下命令的那位首长家——首长后来担任了军区司令，于本世纪初去世了，没有留下回忆录。

终于，在某出版社二十世纪九十年代出版的一本回忆合集里，卓敏找到了那个传奇的名字——"长虹师"第六任师长。首长在他的文章《鏖战长虹坡》里，有这么一段话："敌人突然发动进攻，路线和方向出其不意，一线部队仓促应战。战斗打响三个小时后，我们看出了端倪，决心就在长虹坡展开反击，前提是坑道部队至少坚持两天……电话接通后，我说，同志们，师首长师党委信任你们，请转告所有指战员，坚持就是胜利，考验我们的……就在这时候，我听见几声爆炸的巨响，一个声音从话筒里传来，首长，别啰唆了，请下命令吧。我浑身一震，当即下达命令，预备队出击，二团三营穿插七号高地！以后回想这件事情，我当时确实啰唆了，战斗那样激烈，每一秒钟都很关键，每一秒钟电话线都可能会被炸成几段……我们的战士多么伟大，一切为了战争胜利……"

卓敏刚到"长虹师"的时候，好汉楼里有传说，说卓敏的爷爷,就是长虹坡战役中的"长虹师"的师长,卓敏是带着爷爷的使命到"长虹师"来的,就是为了找到那句话。

还有一种传说,卓敏的爷爷是那位给首长下命令的通信兵副排长,她的父亲、那位副排长的儿子后来被师长收养了。

毕然跟我讲,都是谣传,卓敏的爷爷是农民,不过,她的父亲是医生,她的妈妈是军校教员,如此而已。

我看过专题片,画面上有那位首长手持望远镜观察战场的照片,还配有首长的画外音。首长说,从那以后,我们改变了下达命令的形式和内容,争分夺秒,只说有用的、重要的、紧急的话。战争,是时间和空间的艺术,一切都要求精确、精准、精练……

把过去的场景复原,袁月立了一功,她通过计算机技术,将文字记录的战斗元素输入到画面之中,并使其成为动态,非常逼真。从专题片里,我看到了那位英雄,一个遍体鳞伤的军人,生命奄奄一息,扑在电话接转机站上,用血肉之躯保护着机器。据说,在他牺牲之后,线路仍然畅通,长达十二分钟。

专题片的后半部分,是我们连队的今天,马副连长和她的姐妹,继承优良传统,苦练通信技术,成为全军区先进典型，马副连长被评为全国三八红旗手。

我高兴啊，我觉得我应该留在部队，回到我的老连队，哪怕还在炊事班揉馒头，那馒头也是为三八红旗手揉的，光荣啊。

好了，编辑同志，我给您讲了这么多，我累了，您也听累了吧？可是我的故事刚刚开始。关于那篇文章的作者和那份杂志的来龙去脉，已经无关紧要了；关于刘牧和毕然的前途，还有我最终能不能当上作家，也无关紧要了。重要的部分，其实是我们宣传科那几个干部和曹丽、胡彪等人的故事，三天三夜也讲不完。更重要的事情是，我和卓敏的关系，但是我现在不能跟您说，这是军事秘密。怎么办呢，如果您有兴趣的话，找个机会，我给您接着讲好汉楼故事的续集，暂名《兵城》。

您还会向我约稿吗？